KB115621

마쓰다 도키코

사진으로 보는
사랑과 투쟁의 99년

마쓰다 도키코 사진으로 보는 사랑과 투쟁의 99년

초판인쇄 2019년 11월 20일 초판발행 2019년 11월 25일

엮은이 마쓰다도키코회 옮긴이 김정훈 펴낸이 박성모 펴낸곳 소명출판 출판등록 제13-522호

주소 서울시 서초구 서초중앙로6길 15, 1층

전화 02-585-7840 팩스 02-585-7848

전자우편 somyungbooks@daum.net 홈페이지 www.somyong.co.kr

값 18,000원 ⓒ 소명출판, 2019

ISBN 979-11-5905-475-4 03830

마쓰다 도키코

사진으로 보는
사랑과 투쟁의 99년

MATSUDA TOKIKO'S 99YEARS

마쓰다도키코회 엮음
김정훈 옮김

소명출판

아라카와 광산의 지도

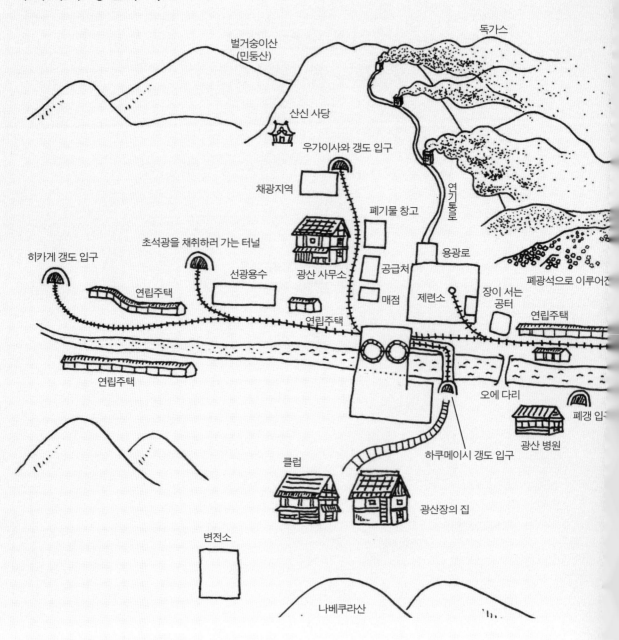

벌거숭이산
(민둥산)

독가스

산신 사당

우가이사와 갱도 입구

채광지역

폐기물 창고

연기통로

초석광을 채취하러 가는 터널

히카게 갱도 입구

선광용수

용광로

광산 사무소

공급처

폐광석으로 이루어진

제련소

장이 서는 공터

매점

연립주택

연립주택

연립주택

연립주택

오에 다리

폐갱 입구

광산 병원

클럽

하쿠메이시 갱도 입구

광산장의 집

변전소

나베쿠라산

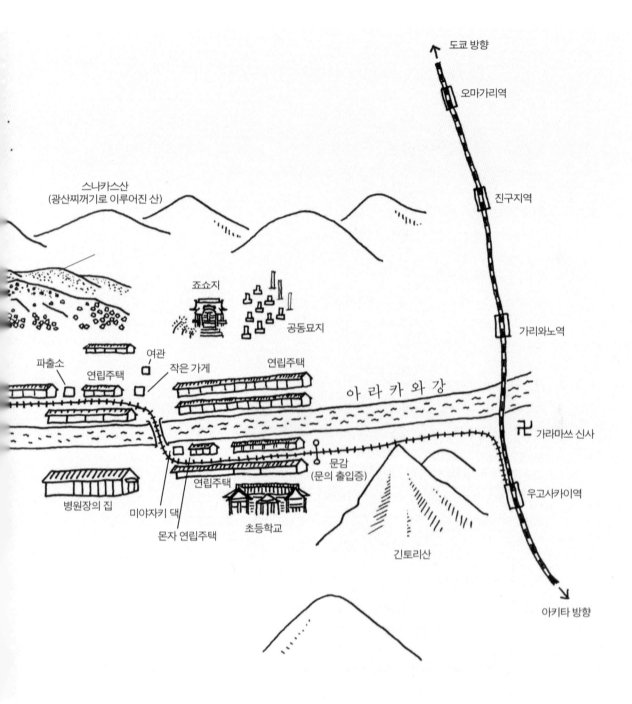

그림 : 마쓰다 도키코의 손자인 이와사와 나나(岩澤なな). 도쿄예술좌 공연 〈오린〉 팸플릿 참고.

차례 　마쓰다 도키코 사진으로 보는 사랑과 투쟁의 99년

제1장 **아키타秋田의 광산에서 출생** 　　　　탄생~17세(1905~1922년) 　　7
고향 아라카와 광산 / 다이세이보통고등초등학교에 입학 / 은사들

제2장 **사회와 문학에 눈떠** 　　　　18~20세(1923~1925년) 　　21
아키타여자사범학교 입학 / 오빠 만주 / 모교의 교사로

제3장 **탄압 상황의 도쿄로** 　　　　21~24세(1926~1929년) 　　29
오누마 와타루와 결혼 / 3·15대탄압 속에서 집필 – 1928년 / 엔솔로지에 수록된 시 / 「젖을 팔다」
를 발표 / 이즈오시마의 초등학교에서 대리 교원으로 / 『여인예술』의 〈전여성진출행진곡〉에 입선 /
일본프롤레타리아작가동맹에 가입

제4장 **프롤레타리아문학 운동 속에서** 　　　　25~29세(1930~1934년) 　　43
탁아소에 어린애들을 맡겨 / 본격적인 집필활동의 개시 / 「어떤 전선或る前線」과 『여성의 고통女性苦』
/ 다키지를 증언하다 / 야마다 세자부로의 장행회壯行会 / 작가동맹의 해산 후

제5장 **전시하의 저항과 사생활의 혼돈** 　　　　30~40세(1935~1945년) 　　61
시집 『참을성 강한 자에게』 발매금지처분 / 일하는 여성들 / 오사리자와 댐 붕괴 현장으로 / 전시
국면의 확대 상황에서 / 부부의 균열과 재결합 / 도쿄 야마노테山の手, 공습으로 재해 / 8월 15일 패
전 / 전쟁 전의 출판

제6장 **전후의 투쟁과 문학** 　　　　40~54세(1945~1959년) 　　77
전쟁 후의 재발견 / 식량 메이데이에서 / 2·1파업 전후에 / 총선거에서 아키타 2구에서 입후보 /
권력의 음모와 투쟁하다 / 지역에서의 '구원회' 활동 / 하나오카 사건에 착수 / 남편의 결핵 발병

제7장 **60년 안보로부터 '오린おりん 3부작'으로** 　　　　55~72세(1960~1977년) 　　107
안보투쟁·평화를 위한 기원 / 『오린 구전』 발표와 수상, 무대화 / 아라카와 광산 터로 / 취재에서 /
잇따른 출판

제8장   **펜을 휘두르고 발로 뛰고**   73~84세(1978~1989년)   125

다이세이초등학교 터에 『오린 구전』 문학비 건립 / 나의 자서전 방영 등 / 가스폭발 사고현장 유바리로 / 국회 방청 / '도쿄전력 투쟁의 어머니'로서 / 미우라 가쓰미 내방 / 도요타마豊多摩형무소 견학 / 흙에 듣는다… / 팔순 기념 / 아라카와 광산 무연고 묘지에 참배 / 일본모친대회 / 각종 지면에 등장 / 남편 오누마 와타루 사망 / 쇼와가 막을 내려 / 진폐소송 지원 / 이시카와지마하리마石播(IHI)중공업의 투쟁 동료와

제9장   **차세대에게 전하는 회상의 인물들**   85~98세(1990~2003년)   159

대담·대화도 즐거워 / 『여인예술』의 사람들 / 다키지 문학비 건립을 기념해 / 시마자키 고마코島崎こま子에 대해서 / 목숨이 붙어 있는 한 행동하고 쓰고 / 아키타에 마쓰다 도키코 문학기념실 개설

제10장 **종언 / 끝없는 생명력**   181

2004년·99세 사후의 계승 활동 / 『마쓰다 도키코 자선집』 간행 개시 / 백수白壽를 축하하다 / 마지막 선거전 / '마쓰다도키코회' 발족 / 최후의 언어 / 눈 속의 고별 / 마쓰다 도키코를 얘기하는 모임 / 교와協和의 광산과 마쓰다 도키코 문학을 전하는 모임

마쓰다 도키코 간략연보   198
후기   206
사진제공·협력자   208
옮긴이의 말을 대신하여   209

마쓰다 도키코를 증언한다

패전 다음해에 만나 —— 우에다 고이치로(上田耕一郎)　84

마쓰카와의 투쟁과 마쓰다 도키코 씨 —— 오쓰카 가즈오(大塚一男)　92

'얘기하는 모임'에서의 발언에서 —— 혼다 노보루(本田昇)　93

일본의 구원운동과 마쓰다 도키코 씨 —— 야마다 젠지로(山田善二郎)　99

하나오카 사건과 마쓰다 도키코 씨 —— 도가시 야스오(富樫康雄)　104

도쿄전력의 사상차별 문제와 마쓰다 도키코 씨 —— 스즈키 쇼지(鈴木章治)　135

'얘기하는 모임'에서의 발언에서 —— 다니구치 에이코(谷口栄子)　136

마쓰다 도키코 씨의 「행복론」 —— 나가이 기요시(長井潔)　172

본문 작성 : 사와다 아키코(澤田章子)
간략 연보 : 에자키 준(江崎淳)

고향을 방문한 만년의 마쓰다 도키코
(후카오 교코深尾恭子 촬영)

1

1905년~1922년 탄생~17세

마쓰다 도키코는 아키타현 아라카와荒川 광산의 조부모의 집에서 태어났다. 아버지는 운반부였고 어머니는 선광選鑛 여공으로 일하고 있었다. 탄생은 1905년 7월. '하나ハナ'라고 이름이 지어졌다. 3살 위의 오빠 만주萬寿가 있었다. 러일전쟁 중이었으므로 동銅 생산으로 일본 굴지의 미쓰비시三菱 회사의 광산에서는 증산을 위해 노동자들이 가혹한 장시간의 노동을 강요당하고 있었다. 하나가 태어난 지 2개월 후에 전쟁은 끝났다. 하지만 아버지는 이듬해 5월 일하던 중에 급사하여 하나는 아버지의 얼굴을 기억하지 못했다.

'사흘이 멀다 하게 장례식을 치른다'는 말이 떠돌던 광산. 위험을 동반한 장시간의 중노동과 빈곤한 생활 때문에 항상 불행이 따라다녔다. 하나의 가족도 예외가 아니었다. 젖먹이 하나와 어린애 만주를 품에 안은 어머니는 남편을 잃은 뒤 시댁에 머무를 수가 없었다. 남편은 재혼한 시어머니가 데리고 온 자식이었고, 집에는 시아버지의 친자식으로 대를 이을 아들인 지스케治助 외에 시누이까지 있었기에 창피한 생활이었다. 몰락한 농가인 친정도 대가 끊겨 돌아갈 수가 없었다. 광산을 경영하던 미쓰비시는 여자에게 연립주택을

▲ 광석을 옮기는 토롯코[광차] (이토 쇼이치伊藤昭一 촬영)

빌려주지 않았다.

　도움을 주는 사람이 있어서 어머니는 하나와 만주를 데리고 6명의 어린애가 딸린, 아내를 잃은 홀아비에게 시집을 간다. 그러나 진폐증을 앓던 남편은 1년도 채 지나지 않아 세상을 떠난다. 연립주택에서 내몰린 어머니는 만주를 시어머니에게 맡긴 채 하나를 데리고 3번째 결혼을 할 수밖에 없었다.

　나중에 마쓰다 도키코의 대표작이 되는 『오린 구전おりん口伝』은 이 어머니를 모델로 삼아 그린 작품이다.

　하나의 3번째의 아버지는 노무자 합숙소의 책임을 맡으면서 제련소에서 일했다. 아황산가스로 가득 차서 자극적인 냄새가 코를 찌르는 직장이었다. 성질이 난폭하고 폭력적인 남편 곁에서 어머니는 합숙소의 노동자들을 돌보기에 바빴지만 하나에게 애정을 쏟는 일을 게을리 하지 않았다. 하나가 4살이 된 해의 봄에 여동생 기요キヨ가 태어났다. 무서운 아버지는 갈수록 심하게 대했지만, 합숙소에 사는 노동자에게는 신뢰를 받았으며 서로가 친하게 지냈다.

　'대역大逆 사건' 후 '겨울의 시대'라 불리는 상황에서 국민이 언론의 자유를 강탈당하던 1912년, 하나는 광산 내에 있는 다이세이보통고등초등학교에 입학했다. 담임 스즈키鈴木 도쿠 선생이 '마쓰다 하나 씨'라고 풀네임으로 불러주어 하나는 감격한다. 그녀는 진지한 데다가 성적이 좋은 소녀였다.

　하지만 4학년인가 5학년 때에 의부의 폭력을 견디는 어머니의 모습을 보고 비참하게 느낀 하나는 함께 도망가자고 재촉한다. 그러나 어머니는 광산에서

독과 같은 공기를 마시면서 일해서 우리를 먹여 살리는 의부에게 감사한다고 말했다. 그리고 하나에게 공부해서 장래에 자립하라고 상냥하게 일러주는 것이었다. 그 무렵 하나는 책 읽기에 흥미를 느껴 이야기의 포로가 되어 있었다. 친구의 집에 있던 빅토르 위고의 『레 미제라블』(구로이와 루이코黒岩涙香에 의해 『아아, 무정噫 無情』이라는 제목으로 번역)을 빌려서 읽은 것이 계기였다. 친밀한 화초와 달과 별에 마음을 빼앗긴 하나였다. 하지만 이야기의 세계를 접하고 상상력을 부풀려 등장인물과 자신이나 주변인들을 비교해서 읽는 기쁨을 느꼈다. 그러한 기쁨으로 하나는 물을 긷거나 부엌일을 도울 때, 혹은 의부의 명령으로 닭과 돼지를 돌보며 감시를 당할 때의 괴로움을 잊었다. 그리고 기력을 회복해 지성을 키우고 마음의 양식을 쌓았다.

　6학년 때 진지한 생활태도와 우수한 성적으로 군수 표창을 받은 하나는 고등과에 진학하게 되었다. 6년으로 학교를 그만두고 일을 하는 학생이 많았던 시절에 하나에게 학문을 익히게 해서 그녀를 자립시키려던 어머니의 바람이 통했던 것이다. 하나에게는 진학이 낙이었다.

　그러한 와중에 충격적인 사건이 일어났다. 오빠 만주를 돌보고 있던 할머니 집에 불이 났다. 숙부인 지스케가 광산 배전소에 근무 중 일어난 화재였다. 만주는 숙부의 장녀를 업고 피신하여 무사했지만 숙부의 부인은 장남과 함께 불에 타 목숨을 잃는다. 할머니도 돌아가시고 만다. 숙부는 실의에 잠겨 광산을 뛰쳐나와 상경한다. 고등초등학교 졸업을 앞두고 있던 만주는

어머니 슬하에서 제련소에 다니며 일을 하게 된다.

러시아혁명 후 1년 반이 지난 시점에 광산에서도 양심적인 교사와 뜻을 품은 청년들이 일요학교나 청년단 활동을 통해 지적인 교류를 넓혀가고 있었다. 오빠와 교대로 고등과에 진학한 하나도 오빠와 함께 일요학교에 참가했으며 친구에게서 러시아 문학작품을 빌려와 읽었다. 먼 훗날까지 하나를 인도해준 이웃 부락 분교의 이토 사타로伊藤佐太郎 선생과 교류가 깊어진 것도 이 무렵이다. 하지만 미쓰비시를 두려워한 의부와의 충돌로 오빠는 도쿄의 숙부 집으로 떠나고 만다.

고등과 2년째의 봄, 두 마리의 소를 산 의부는 하나에게 소를 돌보라고 명령했다. 그것이 어처구니없는 일로 이어졌다. 방목한 소가 관이 관리하는 산림청의 산으로 들어갔다고 하여 심야에 의부와 함께 소를 찾으러 산속으로 들어갔는데, 의부가 하나를 덮쳤던 것이다. 필사적으로 저항해 풀려났지만 이후 하나는 의부에 대한 증오의 감정을 품은 채 괴로워하지 않을 수 없었다.

이윽고 고등과의 졸업을 앞두고 자활의 길을 모색하던 하나는 적십자사의 간호원 수습시험에 응시해 합격했다. 곧바로 의부에게서 벗어나 기숙사에 입사했다. 하지만 미쓰비시 회사는 의부를 호출해 하나에게 새롭게 도입한 타이프라이터로 일하게 하라고 명령한다. 또한 의부는 이에 동의해버린다. 실망과 원통함 속에서 하나는 이토 선생에게 조언을 구한다. 이토 선생이 하나에게 3년간 참고 일하다가 여자사범학교에 응시해 교원이 되라고 길을 일러주자 그녀는 마음

을 굳힌다. 타이피스트임에도 광산사무소의 사환처럼 일하면서 도쿄의 대학 강의록을 수집해서 열심히 독학했다. 하나는 사무소에서 일하며 정규사원인 관리직이나 여러 부서 사람들을 날마다 관찰했다. 또 차별로 형성된 미쓰비시 광산의 착취의 구조와 마을, 경찰, 학교에 대한 지배의 현실을 파악했다. 하나의 상사는 도쿄제국대학 출신 법학사였고 광부들이 두려워하는 서무주임이었다.

하나가 하루에 받는 급료는 1년마다 오르기는 했지만 봉투째 의부에게 건네줄 수밖에 없었다. 그러므로 하나는 기모노 한 벌 마련할 수 없었다. 그 상태에서 사범학교 수험이 임박했다. 그런 어느 날 눈보라 속에 사무소로 거칠게 끌려온 광부가 있었다. 의부였다. 출입금지된 공유지의 산에서 땔나무를 채취하려 했다는 것이다. 하나의 눈앞에서 서무주임은 심하게 린치를 가하고 의부는 마루에 코피를 쏟는다. 하나는 울면서 마루의 핏자국을 닦는다. 그리고 자신이 미워해야 할 대상은 의부가 아니라 미쓰비시라는 거대한 자본임을 깨닫는다.

고향 아라카와 광산

▲ 아라카와에 걸쳐 있는 오나오리(大直利) 다리 : 다리 오른쪽의 2층 가옥이 어머니 스에(スエ)가 시집간 미야자키(宮崎) 가문. '나오리'는 질이 좋은 광맥이라는 뜻이며, 그 광맥의 발견을 기념하는 의미를 담고 있다.

▼ 마차(말 토롯코) : 오나오리 다리를 건너 우고사카이 (羽後境)역까지 주조한 동(銅)을 옮겼다.

▲ 광산의 풍경을 (써서) 노래한 색지

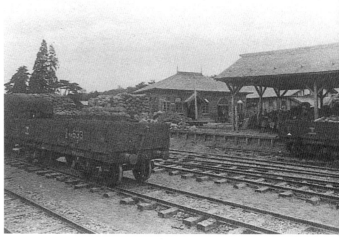

▲ 우고사카이역 : 광산 홈

▲ 전쟁 전의 아라카와 광산   ▶오른편 2개의 굴뚝에서 나오는 아황산
가스의 연기는 초목을 말려버렸다. 1940년에 폐산이 되었는데, 굴뚝은 3개 중 1개
만이 남아 있다.

◀ 아라카와 광산의 자매광산인 고사카(小坂) 광산의 전후(戰後) 연립주택 풍경. "이런 분위기였죠"라며 마쓰다 도키코는 앨범을 보면서 그리워했다.(이토 쇼이치 촬영)

◀ 마쓰다 도키코는 책상 근처에 아라카와 광산 산출의 황동광, 황철광, 그리고 다른 산의 광석과 코발트 등을 놓아두었다.

광석에 대한 생각

"아름답고 유용한 여러 자원 중에서도 광석에 대한 나의 집착과 집념은 어릴 때부터 길러졌다. 특히 오늘날까지 이어지고 있는 '핵' 위험에 대한 경계심이 그 집착과 집념을 배가시킨 것도 사실이다. (…중략…) 이와 같은 여러 자원, 여러 광물이 주는 혜택을, 채굴하고 생산한 자들이야말로 향유해야 마땅함에도 불구하고 현실은 거꾸로 너무나도 불합리하게 진행되고 있는 것에 대한 나(작자)의 노여움도 있었다"고 「산벚나무의 노래山桜のうた」의 후기에 적었다.

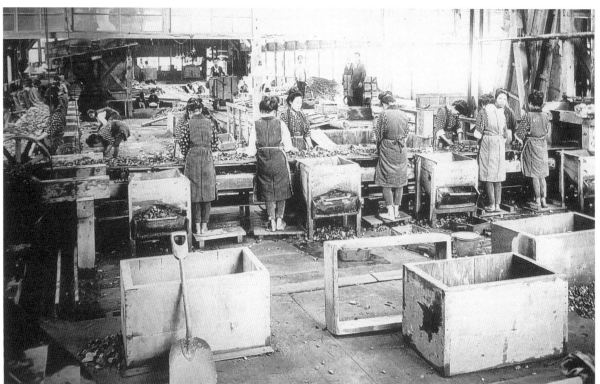

▲ 선광장에서 모모와레(머리채를 좌우로 갈라붙여 뒤꼭지에 묶은)의 모습으로 일하는 여성들 : 채굴한 광석을 분쇄, 선광하고 있다.

◀ **선광장 터** : 지금은 돌담만이 남아 있다.
바로 앞은 침전지

▶ **아라카와 광산의 선광장** : 쇠의 녹으로 만들어
진 돌담 위에 건물이 지어졌고 전성기에는 전기가
들어오면 불야성 같았다는 얘기가 오르내렸다.

◀ **제련소** : 광석을 용광로에서 녹여 순도가 높은
동을 추출한다.

▶ **폐산 후의 아라카와 광산** : 1955년 무렵

▲ 다이세이보통고등초등학교의 옛교사(校舍) : 1912년 7세 때 초등학교에 입학

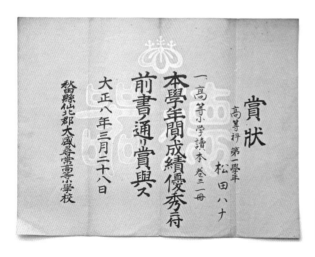

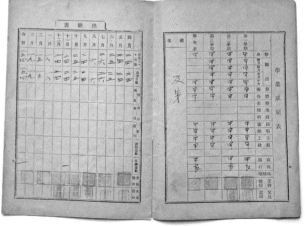

▲ 성적우수 상장과 성적표 : 성적은 수, 품행은 양호라고 표시되어 있다.

▲ 1915년 10세 : 오른쪽은 3살 아래인 의붓여동생 다카하시(高橋) 기요. 축하행사 때 촬영한 모습으로, 의상은 빌린 것이었다. 어릴 때 사진은 이 한 장뿐이다. 가난한 생활이었으므로 사진을 자주 찍을 수는 없었고 공습으로 모두 분실했기 때문이기도 하다.

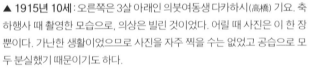

◀ 책과의 만남 : 빅토르 위고의 원작 『아아, 무정(레 미제라블)』이나 리턴의 『폼페이 최후의 날』에 감명을 받았다. 그 후 괴테, 셰익스피어 등의 번안소설의 포로가 되었다.(일본국회도서관 소장)

▲ 1920년 15세 : 다이세이보통고등초등학교 졸업 기념사진. 3번째 줄 왼쪽 끝이 마쓰다 하나

▶「소녀 코제트는 나」:『레미제라블』에 대해서 광산시절의 생활을 회상하면서 집필했다.(『소년소녀신문』, 1988년 12월 25일 자)

◀ **이토 사타로**(伊藤佐太郎) **선생** : 광산의 가난한 가정을 방문해 부모나 자식과 상담, 어린애는 모두 평등하다는 것을 부모에게 설명하면서 돌아다니던 이웃 부락 분교의 교사. 하나의 일이라면 언제나 신경을 썼으며 아키타여자사범학교의 수험을 권유했다. 「은사와 목화나무(恩師とワタの木)」의 모델

▶ 표식의 안쪽이 초등학교의 터

大盛小学校跡

◀ **스즈키**(鈴木) **도쿠 선생** : "어릴 때 기억으로 가장 좋았던 것은 나의 (낳아주신 어머니와는 별도로) 초등학교 1학년 시절 여선생님의 공평함과 상냥함과 총명함이었다"고 고백했다.

▶ 다이세이보통고등초등학교 졸업 후 타이피스트로 3년간 일했던 광산사무소

2

사회와
문학에
눈떠

1924년－19세의 나이로 모교에서 초등학교 교사를 하던 때, 오른쪽은 의붓 여동생 기요.

1923년 ~ 1925년 18~20세

1923년 3월 하나는 아키타여자사범학교 입학을 위해 시험을 치렀다. 고등여학교 졸업생들과 함께 치른 시험이었는데 하나는 독학을 했지만 멋지게 합격해 입학할 수 있었다. 수업료도 기숙사 비용도 무료인 관비생이었다. 집에서 거의 맛볼 수 없는 국산 쌀로 지은 밥과 신경 쓴 반찬에다가 일요일에는 간식도 나왔다. 하지만 기숙사 생활에는 엄격한 규율이 있었으므로 자유롭지 않았다. 나중에 마쓰다 도키코는 「스승의 그림자師の影」라는 작품을 통해 기숙사 생활의 일단을 그린다.

집에서는 송금을 해주지 않아서 변변찮은 옷차림이었지만 친구가 온정을 베풀었다. 아라카와 광산의 우고사카이羽後境역 출장소 소장이 숙부인 친구가 친근하게 대해주었다. 친해지자 아키타 시내에서 열리는 사회과학의 학습회에 같이 가자고 권했다. 친구는 또 여름방학 때 아라카와 광산을 방문해 혹독한 환경과 가난함을 보고 이것도 마을이냐며 놀라워 다. 그러면서 동정과 공감을 표했다.

여름방학 전에는 교장 선생이 특별 훈화를 했다. 6월에 연인과 동반 자살한 아리시마 다케오有島武郎의 작품을 절대로 읽어서는 안 된다고 했다. 반항심이 생긴 두 사람은 그렇다면 읽어야 한다며 찾아서 읽었다. 그리고 『카인의 후예』에 감동했고, 그들의 기억 속에 잊을 수 없는 작품의 하나가 되었다.

그해 9월 1일 관동대지진이 일어났다. 마쓰다 도키코는 도쿄에 거주하는 오빠 만주가 도피해올 거라고 생각하며 아키타역을 왕래하지만 만주는 나타나지 않는다. 집에 돌아오자 징병검사 소집장이 도착해 있었다. 어머니는 만주가 징병 기피로 처벌을 받을 것 같아서 걱정했다. 나중에 안 사실인데 만주는 징병을 피하기 위해 지진 재해의 혼란을 틈타 대만으로 건너갔던 것이다.

마쓰다 하나는 1924년 3월 1년간의 사범학교 생활을 마쳤다. 교원면허를 손에 쥔 하나의 부임지는 모교인 다이세이초등학교였다. 긴장하며 교단에 선 하나의 버팀목이 된 것은 가르치려고 생각하지 말고 아동들에게 배우려고 생각하면 좋을 거라는 이토 선생의 조언이었다. 도덕시간에 뒷동산에 올라 독일의 동화(어린이와 가정을 위한)를 읽어주는 하나를 학생들은 흠모해 집에 묵으려고 오는 아이가 있을 정도였다.

집에서는 의부가 여전히 여동생과는 다르게 노골적으로 차별대우를 했다. 하나는 월급을 봉투째 의부에게 건넸다. 그렇게 근무하면서도 동트기 전부터 물을 길어왔다. 뿐만 아니라 학교에서 돌아오면 멜대에 2개의 석유 드럼통을 짊어지고 가축에게 줄 먹이를 얻으러 제자의 집까지 돌아야만 했다. 학생들에게 '돼지 집의 선생'이라고 불리는 굴욕을 어머니를 위해서라도 감내해야만 했다.

한편 광산에서는 이토 선생에게 영향을 받은 젊은 노동자들의 그룹이 외연을 넓혀가고 있었다. 사회진보에 관심을 품은, 문학을 좋아하는 청년단이 그 중심에 섰다. 하나는 이 동료들의 도움을 받아 그들에게 책을 빌려 읽었다.

아키타의 쓰치자키土崎에서는 같은 초등학교의 동

1923년 9월의 관동대지진(마이니치신문사 제공)

급생이던 고마키 오미小牧近江, 가네코 요분金子洋文, 이마노 겐조今野賢三 등이 3년 전에『씨 뿌리는 사람들種蒔く人』을 창간한 상태였다. 이는 프롤레타리아문학 운동의 발단이 되었다. 한편 이토 사타로나 청년단장들이 가네코 요분 일행을 초청하여 연설회를 가진 것에 대해 학교에서는 교장들이 문제시했다. 비록 잡지가 지진으로 인해 폐간되었다고는 하나 문학청년들은 거기에 많은 영향을 받았다.

신임교사인 하나의 첫 여름방학 때에는『문예전선』의 신진작가 이토 에노스케伊藤永之介가 방문했다. 청년단 그룹이 맞이하여 우가이자와嘺沢 갱 등을 안

내할 때 하나도 합류했다. 그리고 처음으로 만난 프롤레타리아 작가를 자세히 관찰했다. 이토는 후에 광산을 무대로 소설을 집필했는데 '문학적 자서전'에 작가 이전의 마쓰다 도키코와의 만남을 거론해 이때의 일을 회상했다.

이해 여름에는 청년단이 등사판으로 인쇄한『연기煙』라는 잡지를 발행해 하나도 이곳에 시를 발표했다. 책을 좋아하는 동료들이 잡지를 만들어 작품의 감상이나 인생을 서로 토로하는 시간이 하나에게는 참으로 즐거웠다. 그런 만큼 그들의 다수가 징병검사를 앞두고 있다는 사실이 마음에 걸렸다. 오빠 만주의 일도

있어서 징병도 전쟁도 없는 세상이 되기를 염원하지 않고는 견딜 수 없었다.

여름방학이 끝나자 미쓰비시 측의 사주를 받은 교장이 아이들에 대한 지도와 더불어 방학 중의 활동에 대해 왈가왈부하며 공격했다. 아이들이 싸워서 상처를 입은 일, 아이들과 숙식을 함께한 일, 학교의 피아노로 메이데이 노래를 연주한 일, 외부 사람을 갱내로 부른 일, 급기야는『연기』에 발표한 5행의 시에 대해서도 추궁을 당했다. 악의에 찬 공격과 간섭이 하나의 마음을 무겁게 짓눌렀다.

그런 상황에서 19세의 하나는 연애를 한다. 상대는 동료 중에 고리키 소설 속의 '체르카시'라는 이름을 따와서 애칭으로 불리던 선광부였다. 초등학교 동급생이었는데 6년간 배우고 졸업한 뒤 선광 일을 시작한 상황이었다. 그는 건강한 육체를 소유하고 있으면서도 바이올린을 켜는 청년이었다. 때때로 그의 연주에 귀를 기울여 들은 곡이 전쟁으로 자식을 잃은 어머니의 슬픔을 노래하는 스코틀랜드 민요였다는 사실에 하나는 크게 감동했다. 열정을 불태웠다. 하지만 모처럼의 교제를 그의 징병으로 포기하지 않을 수 없었다. 해가 바뀌어 20세가 된 연인은 소집되었고 이윽고 연대에서 근무지를 옮긴다는 통보와 함께 '나를 잊어달라'는 내용의 편지가 도착했다. 치안유지법이 공포된 1925년의 일이다.

하나는 교사로서 2년간의 의무연한을 마친다. 실연한 하나는 미쓰비시 관리 하에 있던 학교와 의부의 속박에서 벗어나 자유롭게 자신의 길을 걷겠다는 결심을 한다. 노동자가 인간으로서 대접받는 사회를 위해 일하고 싶었다. 어머니도 하나의 편이었다. 어머니는 아버지에게 비밀로 한 채 조용히 떠나보내기 위해 말 썰매를 마련해주었다. 광산에서는 말 썰매든 수동 광차든 회사 간부의 가족은 탈 수 있었다. 하지만 노동자나 그 가족은 노동시간 외에 탈 수 없었다. 그런 상황에서 주조한 동을 나르는 마부 중 어머니가 하나의 아버지에게 시집올 때 보살펴준 사람이 도움을 주었다.

1926년 3월의 이른 아침. 눈이 조금씩 날리는 날씨에 오빠의 검은 외투로 몸을 휘감은 하나는 주조한 동 위에 몸을 누이고 거칠게 짠 거적을 쓴 채 광산을 빠져나간다. 20세를 맞이한 해의 봄에 일어난 일이다.

▲ **1923년 18세** : 아키타여자사범학교(현 아키타대학 교육학부) 입학식. 앞줄 오른쪽 끝이 마쓰다 하나

아키타사범학교의 추억

아키타사범학교에서 1년간 규칙적인 기숙사 생활을 한 마쓰다 도키코는 그 당시의 추억을 회상하며 다음과 같이 적었다.

"놀랍게도 그해 7월 아리시마 다케오가 가루이자와軽井沢의 별장에서 젊은 유부녀 기자와 동반 자살한 사건이 보도되었다. 그 직후 선생은 훈화를 하며 아리시마의 『사랑은 아낌없이 뺏는 것』이 얼마나 위험한 비도덕적인 글인가를 온갖 표현을 동원하며 공격의 대상으로 삼았다. 그리고 "이렇게 나쁜 글은 장래 사람들의 귀감이 되어야 하는 사범학생으로서 절대로 읽어서는 안 된다"고 결론을 내렸다. (…중략…) 나는 광산에서 자랄 때부터 문학소녀였기 때문에 아리시마의 『태어나는 고통』 등을 마음을 두근거리며 이미 읽은 상태였다. 『사랑은 아낌없이

아리시마 다케오(有島武郞)

뺏는 것』은 아직 읽지 않고 있었는데 교장 선생의 훈화 이후 더욱 관심이 깊어졌다. 마침내 그의 전집까지 독파할 수 있었던 것에 대해 감사드린다.

그해 여름방학을 광산에서 보내고 기숙사로 돌아와서 바로 관동대지진의 소식을 접했다. 오빠가 도쿄에 머무르고 있었기에 매일 나는 방과 후 꼭 아키타역에 들렀다. 내리는 사람 중에 오빠가 없는지, 아는 사람이 없는지를 확인하며 애타게 기다렸던 일을 잊을 수 없다."

(에세이 「나의 아키타여자사범학교」, 『월간AKITA』, 1991년 4월호에서)

▲ 당시의 아키타여자사범학교(1989년 11월 아키타시 발행 『사진집 아키타』)

오빠 만주

어머니 스에, 하나와 헤어지고 미야자키 가문에서 성장한 오빠 만주. 미쓰비시에 절망해 상경한 숙부 지스케가 그를 양육하였다. 관동대지진의 소란에 휩쓸려 만주는 대만으로 건너갔다. 나중에는 은거 신고를 하고 하나에게 가산을 양보한 뒤 자신은 쓰치다土田 가문에 데릴사위로 들어가 결혼했다. 그 뒤 승려로 입적해 니가타新潟현 무라카미村上시의 절에서 주지를 지냈다.『모모와레의 타이피스트』에는 센타千太로 그려지며『여자가 본 꿈』에서는 여동생을 타이르는 오빠로 등장한다.

▲ 관동대지진 후 오빠를 기다리면서 매일 들렀던 전쟁 전의 아키타역(1989년 11월 아키타시 발행『사진집 아키타』)

▼ 대만에 건너가 승려가 된 만주

모교의 교사로

▶ **1924년 19세** : 아키타사범학교 졸업 후, 4월부터 모교인 다이세이초등학교에 부임. 2년간이었지만 학생들에게 흠모 대상인 교사였다는 사실을 60여 년 후의 동창회에 10명의 학생이 모였다는 내용의 기사로 알 수 있다.(『아키타사키가케秋田魁신보』, 1988년 6월 15일자)

◀ **프롤레타리아작가인 이토 에노스케** : 아라카와 광산을 방문했을 때 처음으로 만났다.

▲ **치안유지법 공포** : 1925년 2월, 천황제와 자본주의제도를 반대하는 사람들뿐만 아니라 다수의 자유주의자와 종교인들을 탄압하던 치안유지법. 이 악법에 반대하는 시위운동이 도쿄 시바(芝)·아리마가하라(有馬ヶ原)에서 전개되었다.

1928년 23세

3

탄압 상황의
도쿄로

20세의 하나가 홀로 상경한 1926년에는 도쿄에서 1월부터 2개월 동안 공동인쇄 파업이 일어나는 등 노동운동이 활발하게 전개되는 분위기였다. 따라서 탄압도 강화되던 시기였다. 하나는 광산의 화재 사건 이후 도쿄로 이사온 숙부 미야자키 지스케의 집에서 신세를 진다. 하지만 숙부에게는 새로운 가족이 생겼기 때문에 오랫동안 폐를 끼칠 수는 없었다. 대학에 들어가고 싶었지만 우선 자립해야만 했다. 간다神田에 있는 야간 영어학교에 들어가 알게 된 조선인 부인의 도움으로 하나는 가정을 방문하며 문방구를 판매한다. 그러나 벌이는 방세에도 미치지 못했다.

자립의 길을 모색하면서도 노동 문제에 관심이 있었던 하나는 오스기 사카에大杉栄가 주요 거점지로 삼던 노동운동회사를 방문한다. 오스기는 헌병에게 살해되었다고는 하나 그의 저작을 읽었기에 발을 들일 수 있으리라 기대했다. 4월에는 일본노동조합평의회의 대회에 참가했으며 5월에는 처음으로 메이데이의 행렬에 합류했다. 그런데 줄지어 걷던 여성이 말을 걸어왔다. 그녀가 『평민신문』의 사카이 도시히코堺利彦의 장녀 마가라真柄 씨임을 사실을 알고 감격한다.

아키타에서 지참해온 돈을 다 써버린 여름에는 일을 찾아서 상업지역으로 들어갔다. 노동운동회사에서 '도쿄자유노동조합'의 오누마 와타루大沼渉를 소개받았기 때문이기도 했다. 오누마는 무정부주의자들이 모이는 '곳키샤黒旗社'에도 출입하고 있었다. 하나는 사무실에서 숙박하기도 했다. 노동운동 내에서 무정부주의와 레닌주의의 논쟁이 격렬했다. 하나는 자신이 나아가야 할 길을 결정할 수 없었다. 고토江東의 가족경영 양말 공장에서 기거하기도 하고 도미타富田 자전거 공장의 여공이 되기도 하면서 학교는 그만둔 채 직장과 주거지를 이쪽저쪽 옮겨 다녔다. 싸구려 여인숙에 머무를 때도 있었다.

이 해 12월이 되어 하나에게 불안정한 생활을 청산할 시기가 찾아왔다. 오누마 와타루와 결혼을 하게 된 것이다. 우타가와 신이치宇田川信一 등과 함께 실업자를 위한 중앙자유노동자조합(뒤에 '도쿄자유'로 개칭)을 결성한 오누마는 성격이 온화하고 정직한 사람이었다. 무엇보다 노동자를 위해 몸을 던져 일하는 사람이라는 점에서 그를 신뢰할 수 있었다.

하지만 결혼생활은 너무나 빨리 시대적 혼란에 휩싸이게 되었다. 고마쓰가와초小松川町 우히라이宇平井의 거친 강둑에 위치한 한 채의 집에 정착한 7일째 다이쇼大正 천황의 별세를 이유로 가택 조사를 받는다. 그리고 오누마는 검거된다. 치안유지법 체제하에서 사상을 단속하는 특별고등과가 이 무렵 전국으로 확대, 설치되었다. 사상, 언론, 정치활동에 대한 탄압이 가혹했다. 오누마와 하나는 매일 특별고등과의 감시를 받게 된다.

일본은 다음해인 1927년 5월 제1차 산동山東 출병을 시작했으며 중국에 대한 군사적 간섭을 진행했다. 이 해 12월 하나는 22세의 나이로 엄마가 되었다. 오누마는 '일자리를 달라'는 내용의 전단지 배포 중에 체포되어 혼조하라니와本所原庭 경찰서에 구금당하던 중이었다. 그런데 하나를 친절히 돌보아준 사람이 있었다. 우타가와 신이치의 부인으로, 결혼 전 성씨를 그대로 사용하던 미우라三浦 가쓰미였다. 미우라가 사무를 보던 혼조야나기시마本所柳島의 산이쿠카이贊育会 병원에서 하나는 무사히 장남 데쓰로鉄郎를 출산할 수 있었다.

다음해 3월 일본공산당에 대한 대탄압이 가해졌다. 이른바 3·15 사건이다. 그 이틀 후에 집에서 양말 사뜨기 일을 하고 있던 하나는 다시 가택수사를 받았다. 그런데 『공산당선언』 전문을 베껴 쓴 노트가 발견되고 말았다. 하나는 생후 2개월 반밖에 지나지 않은 장남 데쓰로를 등에 업고 고마쓰가와 경찰서에 연행되었다. 취조실에서 특고(특별고등경찰)는 "아이를 등에 업고 이 운동을 할 수 있다고 생각하나?"라고 큰 소리로 호통을 치며 하나를 협박한 뒤 귀가시켰다.

치안유지법으로 검거(『신초新潮 일본문학앨범』 별권 3)

활동에 분주하던 오누마에게는 일정한 직업이 없었기에 가내 부업만으로는 입에 풀칠하기도 어려운 형편이었다. 하지만 하나는 그런 생활고 속에서도 분발했다. 새로운 생명을 얻은 감동과 탄압에 대한 분노를 오랜만에 「유방」이라는 시로 써서 『문예공론』에 투고하였는데 그게 게재되었다. 하나의 창작 의욕에 불이 붙었다. 같은 잡지 5월호의 '신인란'에 시 「원시를 사모한다原始を恋う」와 함께 소설 「도망친 딸逃げた娘」이 기대를 모으는 신인의 작품으로 실렸다. 『무산자신문』의 메이데이호에는 시 「그을린 창문에서煤けた窓から」가 게재되었다. 또한 미우라의 권유로 『요미우리신문』에 응모한 짧은 단편소설 「출산産む」이 당선되어 10엔의 상금을 받았다. 그러자 적색구원회에서 요청이 들어와서 하나는 옥중의 수감자들을 위한 헌금에 협력하기로 한다.

마쓰다 도키코의 이름이 계속해서 활자가 되었다. 하지만 일을 시작하더라도 금방 해고되므로 '가이코

解子'라는 필명을 썼다. 나중에는 점점 도키코로 불리게 된다.

「출산」 발표 뒤 전일본무산자예술연맹(낫프)에서 5월에 막 창간된 『전기戰旗』에 발표하도록 재촉해 도키코는 10월에 시 「갱내의 딸坑内の娘」을 발표한다. 이 시는 이듬해 나온 『일본프롤레타리아시집』에 수록된다. 도키코는 또한 7월에 창간된 『여인예술』에도 소품을 집필한다.

작품 발표는 계속 이어지지만 가내 부업 시간이 부족했으며 오누마는 또 검거되어 생활이 힘들었다. 그러던 참에 미우라가 생각지도 못한 이야기를 가져왔다. 핫토리服部 시계 가게(현 긴자와코銀座和光)와 세코샤精工舍(핫토리 시계 가게의 제조개발회사 - 역자) 관리의 집에서 병을 앓는 어린애를 돌보는 유모를 찾는다는 소식이었다. 데쓰로도 젖을 뗄 시기가 가까워졌으므로 작가로서 부르주아 가정을 체험해보는 것도 의미가 있을 거라고 했다. 고민한 끝에 받아들였다. 10월에서 11월에 걸쳐 데쓰로와 함께 병원과 그 관리의 집에 더부살이하면서 젖을 짜야 했던 도키코에게는 굴욕적인 체험이었다.

이듬해 1929에는 1년 동안 또 미우라의 소개로 이즈오시마伊豆大島의 사시키지差木地보통고등초등학교에 출산 휴가로 자리를 비운 교사의 대리 교원으로 채용되어 부임했다. 한 살이 된 데쓰로를 섬의 노파가 돌보아주는 상황에서 한 교사생활이었다. 이 사이에 도키코는 『전기』에 「A광산의 딸」을 발표했다. 2월에는 일본프롤레타리아작가동맹이 창립하자 즉시 가입

했다. 그리고 고바야시 다키지小林多喜二의 「1928년 3월 15일」에 감동을 받아 『여인예술』에 「고바야시 다키지 씨에게」를 썼다. 이어서 지난해의 유모 체험을 배경으로 삼아 「젖을 팔다乳を売る」라는 소설을 완성해 같은 잡지에 발표했다. 이것이 작가 마쓰다 도키코의 초기 대표작이 된다. 더욱이 『여인예술』이 여성의 사회 진출을 격려하는 차원에서 〈전여성진출행진곡〉의 가사를 모집하자 이에 응모해 2등으로 입선한다. 그리하여 100엔의 상금을 거머쥐는 쾌거를 맛본다.

오누마 와타루와 결혼

▲ 1926년 21세 : 상경 무렵

▲ 1926년 12월 : 노동운동가 오누마 와타루(미야자키현 이와데야마 마치岩出山町 출신)와 결혼. 7일째에 다이쇼천황의 별세로 가택 수색을 받아 오누마는 검거되며 그 후에도 검거된다. 매일 특별고등경찰이 감시했다. 사진은 20세 무렵의 오누마 와타루.

▶ 1928년 23세 : 지난해 말에 태어난 장남 데쓰로와 어머니 스에와 함께 촬영. 출산 당시 남편은 구류 중이었다.

3·15대탄압 속에서 집필 ─ 1928년

▶ 3월 15일 : 일본공산당을 전국에서 일제히 탄압. 보도가 금지되어 4월 11일 각 신문사는 석간으로 보도했다.

유방

마쓰다 도키코

태어나면서부터 프롤레타리아

태어나면서부터 영양실조

태어나면서부터 아버지는 유치장

하지만 아들이여!

먹고 싶어서 안달하는 너의 목소리에서

나는 새로운 힘을 느낀다

너의 운명이며 너의 양식

지금이야말로

복수의 의지가 끓어오른다

바짝 마른 두 개의 유방이여.

新人詩欄

乳房

松田解子

生れながらにプロ
生れながらに榮養不良
生れながらに父は留置場
だが、吾子よ！
飢をうつたえるお前の聲に
私は新らしい力を知る
お前の運命にしてお前の糧
今こそ
復讐の意志にたぎるお前の
ひからびた二つの乳房は。

▲ 상경 후에 최초로 발표한 시 「유방」(『문예공론』 4월호에 발표) : 장남 출산 후 75일째, 즉 3·15대탄압의 2일 후에 어린애와 함께 고마쓰가와 경찰서에 구속되었다. "분노에 차서 썼다"고 나중에 말했다. 마쓰다 도키코는 이를 계기로 1928년부터 집필활동을 개시했다.

▶ 첫 소설 「도망친 딸」(『문예공론』 5월호에 발표)

▼ 전일본무산자예술연맹 기관지 『전기』 : 1928년 창간 호(5월)

◀ 7월 『여인예술』 창간 8월호에 소설 「초원의 밤」을 발표

▲ 「출생」 : 6월 4일 자의 『요미우리신문』 모집 여류신인단편에 입선한 소설

▶「그을린 창가에서」: 5월의『무산자신문』메이데 이호의 가장자리에 게재된 시. 필명은 '도키코'

煤けた窓から

解子

赤ん坊おんぶして
飯をたかしで
たが、しかし
俺等は勞働所の婦だ
メーデーが來ても
ストライキがあつても
俺はゆけない
行けなかつたのだ
女、母、三重の奴隷
たが
×××の最後の列に
さあ
赤ん坊を背いつたま▸
おん出る時だ！
俺の倅を歸せ！
俺の生活を保證しろ！
俺等の幸福のための
俺等の政府をおつたてろ！

▼「원시(原始)를 사모한다(原始を恋ふ)」:『문예공론』5월호에 발표한 시

原始を戀ふ

松田　解子

昔もなく大地が冷えて
寒空の廣く擴がる時
腕のべ、髪をとかし
木枯の中にすつくと立つた
女、
原始の女、
疲れを知らぬ、輝きに滿ちた瞳に
自然の冷酷を征服し、
最初の生命の創造に
大いなる喜悦を覺つた女
そのかばねの上に
幾十世紀の文明が毒花を咲かせた、
今こそ、
新たなる原始は始められねばならな
いのだ。

그을린 창가에서

도키코

아기를 업고

밥을 짓고

하지만 그러나

우리들은 노동자의 아내다

메이데이가 다가왔지만

파업이 일어났지만

우리들은 가지 않는다

갈 수 없었던 거다

여자, 어머니, 3중의 노예

하지만

혁명의 마지막 줄에 서기 위해

자아

어린애를 등에 업은 채

뛰쳐나갈 때다

우리들의 가장을 돌려보내라!

우리들의 생활을 보장하라!

우리들의 행복을 위해

우리들의 정부를 구성하라!

원시를 사모한다

마쓰다 도키코

소리도 없이 대지가 식어서

차가운 공기가 널리 퍼질 때

팔을 펴고 머리를 빗고

초겨울 찬바람 속에 우뚝 섰다

여자

원시의 여자,

피곤을 모르는 반짝이는 눈동자로

자연의 냉혹함을 이겨내고

최초의 생명 창조에

너무나도 큰 희열을 느낀 여자

그 무덤 위에

몇십 세기의 문명이 독화(毒花)를 피웠다

지금이야말로

새로운 원시가 뿌리를 내려야 한다.

치안유지법 체제하의 언론 · 출판탄압 전 국회도서관 사서 야마자키 하지메山崎元

갱내의 딸
우리들은 잡역부다 광부가 파낸 광석을 나른다
우리들은 여자 운반부, 갱내의 딸이다.
우리들은 암흑 속을 암컷 매처럼 거뜬히 난다
감독도, 광부도, 지주부도, 권양 기계부도
지옥으로 이끄는 수직 갱도도 두려워하지않는다.
다이나마이트 폭파음은 우리들의 심장에
빛나는 미래를 알리는 소리다
어제 13번 갱에서 광부가 죽었다.
나는 그 피를, 그 생선살처럼 찢어진 살을
그리고 바윗덩이의 무게에 쥐어뜯긴 머리카락
을 보았다. (…중략…)

『일본프롤레타리아시집』

실은 마쓰다 도키코 씨는 이 시를 23세 때 잡지
『전기』에 발표한 뒤부터 이듬해 발행된(이 시도 포
함됨)『연간 일본프롤레타리아시집』(1929년판)을
반세기 이상 구하려고 찾았습니다. 『일본프롤레
타리아시집』은 단행본 『게 가공선蟹工船』이 나오기
직전인 1929년 7월 10일 발간되었지만 당일 발

매금지처분을 받았습니
다. 문고판의 작은 책인
데 마쓰다 도키코 씨 외
에 모리야마 게森山啓, 마
쓰자키 게지松崎啓次, 미나
미 소조南莊造, 미요시 주
로三好十郎 등 29인의 시인
들이 36편의 시를 게재
했습니다.

▲ 일본프롤레타리아시집(戰
旗社, 1929년)

미군이 접수했다

발매금지된 책은 전부 내무성 서고에 보관, 종
전 때는 2000권 이상 미군이 접수하였으나 전쟁
후 여론의 요구로 이를 반환했습니다. 반환이 실
제로 이루어지기까지는 당시 일본공산당 데라마
에 이와오寺前巖 중의원 의원의 외무위원회 질의
가 커다란 공헌을 했습니다. 마쓰다 도키코 씨는
국회도서관에서 이 책을 손에 쥐고 헤어진 자식
을 만난 듯이 기뻐했습니다.

(월간『불굴』, 2010년 8월 15일호 부록에서)

▶ 『戰列』(1933년 일본프롤레타리아
작가동맹출판부의 시·팸플릿 제3호)
: 세키 도시코(関淑子)의 체포에 항의
하는 「빼앗긴 사람에게(うばわれた
ひとへ)」를 수록(28세)

▶ 『1934시집』(前奏社판)
: 「고향(ふるさと)」을 수록(29세)

▶ 『1935시집』(前奏社판)
: 「자르(ザール)인민투표」를 수록(30세)

「젖을 팔다」를 발표

▲ 1929년 8월호 『여인예술』에 「젖을 팔다」를 발표(24세)

▲1928년 10월부터 11월에 걸쳐 핫토리 시계 가게의 관리 집에서 유모 역할을 한다. 그 체험을 바탕으로 소설 「젖을 팔다」를 집필. 우측 건물이 긴자 4가의 핫토리 시계 가게

미우라 가쓰미

우타가와 신이치

미우라 · 우타가와 부부

스미다墨田구의 산이쿠카이贊育会병원에 근무하던 미우라 가쓰미는 소설 「출산」, 「젖을 팔다」의 집필 계기를 제공하고 더욱이 이즈오시마에서 대리 교원을 할 수 있도록 길을 개척해주는 등 상경 후의 마쓰다 도키코를 인도한 은인. 남편 우타가와 신이치는 징병을 거부해 브라질로 건너간 적이 있는데, 1924년에 오누마 와타루와 함께 중앙자유노동자조합을 결성해 정부가 부업 구제사업을 개시하는 단서를 제공하는 등 활약했다. 1938년 중국으로 건너가서 1941년에 귀국한 뒤 고베神戸에 은거하고 있다가 1944년에 치안유지법으로 체포되어 요타마豊多摩 형무소에서 옥사했다.

이즈오시마의 초등학교에서 대리 교원으로

▲ 1929년 1월부터 12월까지 이즈오시마의 사시키지보통고등초등학교에서 대리 교원으로 근무한다. 앞열 왼쪽 끝이 마쓰다 도키코

▲ 마쓰다 도키코가 1세의 장남 데쓰로와 함께 지낸 셋집. 재건되었다.

▲ 현재 아동보육시설로 사용되고 있는 사시키지초등학교

목수인 마사政 씨와 그 후계자들

마쓰다 도키코는 소년시대에 오시마에서 전치요양을 하던 작가 고야마 도키오小山時夫에게서 공산당원 아메미야 마사지로雨宮政次郎에 대한 얘기를 듣고 섬을 방문했다. 지역의회 의원으로 활동하고 있는 옛 제자인 사토 신키치佐藤新吉와 그 동료는 섬의 물 관리 독점을 추진하는 관광자본에 맞서고 있었다.

아메미야 마사지로

작품에서는 아메미야의 인품이나 전쟁 전의 반전활동을 비롯해 미하라三原산의 미국인 조종사에 의한 여객기추락 사건(1952년, 모쿠세고木星号 사건) 뒤에 의문사를 당한 일, 그리고 아메미야의 뒤를 잇는 당원들을 그렸다.

(자신집 제7권에 수록)

『여인예술』의 〈전여성진출행진곡〉에 입선

▲ **『여인예술』 시대의 마쓰다 도키코** : 1929년 『여인예술』의 '전여성진출행진곡을 모집한다'에 응모해 2등으로 당선, 상금 100엔을 받았다. 다음해 3월 야마다 고사쿠(山田耕筰)의 작곡으로 콜롬비아레코드에서 발매된다.

전여성진출행진곡

1

닫힌 구름 찢어지는 태양
날뛰는 폭풍우여
산더미처럼 물결치는 노도여
일어나라! 불타올라라!
양손을 치켜올려
우리의 햇불을 드높이자
낳는 자 우리들
기르는 자 우리들.

2

족쇄의 그날
힘주어 깨부수자
피로 물들이자
일어나라! 불타올라라!
투쟁의 그날
새로운 세상을 낳는다
세계의 어머니 우리들
세계의 어머니 우리들.

(자선집 제9권 수록)

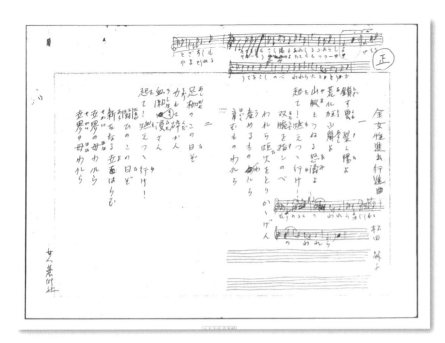

◀ 마쓰다 도키코의 시에 야마다 고사쿠의 선율 스케치가 딸려 있다.(메이지가쿠인대학明治学院大学 일본근대음악관 소장)

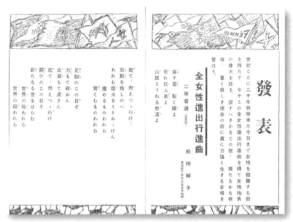

▲▶ 『여인예술』 1930년 1월호에 발표되었다.

하세가와 시구레長谷川時雨의 편집 후기

〈전여성진출행진곡〉의 노래를 갖게 된 것은 커다란 기쁨이다. ······작가가 마쓰다 도키코 씨라는 것을 알았을 땐 우연이나 요행과 같은 일이 아니라고 생각했다. 그녀의 생활은 투쟁, 출산, 양육, 기개 넘치는 활동, 희망으로 가득 차 있었다. 꾸민 시가 아니다. 심호흡과 함께 격정적으로 내뱉는 진실한 목소리이다. (···중략···) 전일본의 여성진출행진곡이 책상 위에서 완성된 것이 아니라 체내 깊은 곳에서 토해낸 프롤레타리아 한 여성의 작품인 점은 무엇을 말하는가? (···중략···) 여러분, 우리 이 노래를 소리 높여 부르며 나약한 우리를 극복하자. 그리고 빛나는 내일의 양식과 새로운 생명의 피로 삼자.

하세가와 시구레

▲ 1929년 2월 10일 일본프롤레타리아작가동맹 창립대회가 아사쿠사(浅草)·신아이(親愛)회관에서 개최되었다.(의장은 후지모리 세키치藤森成吉, 부의장은 야마다 세자부로山田清三郎) 같은 달 가맹

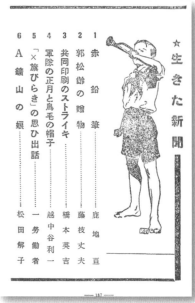

▲「A광산의 딸」:『전기』1929년 1월호에 발표

「고바야시 다키지 씨에게」
1929년『여인예술』7월호에 발표

「1928년 3월 15일」을 읽고 비로소 "이러한 작가가 저주 받은 우리의 마을 바로 옆에 살고 있다는 사실을 알았다"고 썼다.

"집요하게 착취망을 확장하기 위해 자본의 마수가 조성한 헤아릴 수 없을 정도의 무수한 불행, 비참함이 그 작품을 읽음으로써 느껴졌다. 자신이 생생히 겪어온 체험을 환기하지 않을 수 없었다"라는 감상을 토로했다. 또한「게 가공선」에 대해서는 "노골적이고 지독하고 무딘 데다가 탁음이 너저분한 동북지방 사투리에서 직접 그들의 고통과 고통 속에서 몸부림치는 의지를 읽었다"고 말했다. 또한 "그 정도로 깊고 넓은 표현에 더욱 확실함을 부여하기 위해 작가에게 한숨 돌려 차분함을 유지하기를 바라마지 않는다"고 하는 주문도 덧붙였다.

장남 데쓰로를 안고 사촌동생 신도(進藤) 하나에와 함께

1930년~1934년 25~29세

1930년 『여인예술』의 신춘 특별호는 데쓰로를 안은 도키코의 사진을 곁들여 〈전여성진출행진곡〉의 입선을 발표했다. 1등은 없었다. 도키코의 시에 야마다 고사쿠가 작곡한 악보도 실렸다. 행진곡은 콜롬비아레코드에서 발매하게 된다.

연말에 오시마에서 돌아온 도키코는 새해가 밝자 미우라 가쓰미의 도움으로 혼조本所구의 도준카이 야나기시마同潤会柳島 아파트로 거처를 옮겼다. 바로 앞에는 제국대학 세틀먼트 건물이 있었고 옥상에서는 고토江東의 노동자 거리와 공장 굴뚝을 바라볼 수 있었다. 치안유지법이 사형을 포함하는 형태로 개악되고 있었다. 탄압은 더욱 심해지고 있었다. 오누마가 회의할 때는 도키코가 망을 보는 역을 맡으며 특별고등경찰에 대응했다.

도키코는 『여인예술』과 작가동맹의 집회에 적극적으로 참가했다. 여인예술사는 우시고메 사나이초牛込左内町의 하세가와 시구레의 자택이었다. 미인으로 이름난 시구레를 비롯해 그곳에 모이는 사람들은 도키코 입장에서 보면 풍족한 환경에서 자란 사람들이었다. 아기를 동반한 채 아키타 사투리를 쓰는 도키코는 주눅이 들었지만 모두가 친절하게 맞이해주었다. 창립 3주년에 기념 강연을 해달라는 부탁까지 받았다.

작가동맹에서는 「게 가공선」이나 「부재지주」 등을 발표하며 눈부신 활약을 하고 있던 고바야시 다키지가 오타루小樽에서 상경해 환영회에 참가했다. 같은 동향인 아키타 출신이지만 가혹한 노동현장을 그린 다키지에게 깊은 공감을 품은 도키코는 그 꾸미지 않는 인품에 더욱더 친밀감과 경의를 느꼈다.

이해 10월 도키코는 차남 사쿤도作人를 출산했다. 장남을 세틀먼트의 탁아소에 맡기고 '어머니회'에 합류하면서 야나기시마소비조합 부인부의 활동에도 참가했다. 노동자의 마을에 정착해 서민생활의 개선을 위해서 노고를 아끼지 않았던 것이다. 11월에는 작가동맹이 주최한 '전기낫프방위 프롤레타리아문예 대강연회'가 우에노上野에서 개최되어 도키코도 강연을 했다. 그 달에는 작가 미야모토 유리코宮本百合子가 3년간의 소비에트 여행에서 귀국해 작가동맹에 가입했다.

1931년 11월에 일본프롤레타리아문화연맹(콧프)이 창립되자 유리코는 근로 부인들을 위한 잡지 『일하는 부인働く婦人』의 책임자가 되었다. 9월 관동군이 '만주사변'을 일으켜 15년간의 중국 침략전쟁이 시작된 직후의 일이다. 유리코의 활동은 프롤레타리아 문학운동에서 여성 활동의 무대를 크게 확대시켰다. 도키코도 유리코를 중심으로 한 회합이나 개인적인 왕래의 기회를 통해 다양한 문학적 자극과 시사를 받았다.

작가동맹은 당시 도쿄 시외 가미오치아이上落合의 사무소에서 정례회를 개최했다. 도키코는 이 회에도 사쿤도를 등에 업고 참가했다. 당시 위원장이던 에구치 간江口渙이 방 안쪽의 가운데 자리를 잡고 있었으며 나카노 시게하루中野重治, 사타 이네코佐多稲子, 구보카와 쓰루지로窪川鶴次郎, 도쿠나가 스나오德永直, 하시모토 에키치橋本英吉, 야마다 세자부로山田清三郎, 가지 와

▲ 1932년 5월 11일, 작가동맹 제5회 대회 : 장소는 쓰키지(築地)소극장(『신초新潮 일본문학앨범 - 고바야시 다키지』)

타루鹿地亘, 혼조 무쓰오本庄陸男 등이 참석했다. 지역 세틀먼트의 문학동호회에서 함께 활동하던 다케다 린타로武田麟太郎도 있었다. 프롤레타리아·리얼리즘, 유물변증법적 창작방법 등 어려운 논의를 했기 때문에 도키코는 빠뜨리지 않고 듣기 위해 온힘을 다해 메모를 했다.

도키코는 공부를 하면서도 생활을 위해 원고료를 벌지 않을 수 없었다. 작가 와카스기 도리코若杉鳥子의 소개로 1931년 2월 『불의 섬火の島』에 소설 「알卵」을, 8월 가미치카 이치코神近市子의 도움으로 『국민신문』에 「노동자의 처」를 발표했다. 그럼에도 가게 빈곤의 체납으로 아파트 퇴거를 강요당했다. 가을에는 가메이도亀戸 2가丁目로 이사했지만 가택수사를 받았다.

도키코는 2개월 후에 가메이도 1가로, 다음 해에는 히라이平井로 거처를 옮긴다.

1931년 여름 오누마와 함께 자유노조에서 활동하던 시인 다다 간스케蛇田勘助가 도요타마豊多摩형무소에서 옥사한다. 직전에도 옥중에서 쓴 친밀감과 결의가 담긴 편지를 받았던 만큼 도키코에게는 커다란 충격이었다. 그럼에도 형무소 측에서는 자살이라고 주장하며 검시檢屍를 방해하는 것이었다.

1932년 4월 콧프에 대한 대탄압이 가해져 나카노 시게하루, 미야모토 유리코 등이 검거되었다. 유리코와 막 결혼한 미야모토 겐지宮本顕治와 고바야시 다키지는 검거를 피해 지하활동에 들어갔다.

11월에는 일본공산당 중앙위원 이와타 요시미치를

田義道가 경찰의 고문으로 죽임을 당했다. 도키코는 분노에 사로잡혀 「데스마스크에 부쳐デスマスクに添えて」라는 시를 쓴다. 그 6개월 후에는 친하게 지내던 세키 도시코関淑子가 다시 체포되었다. 도시코는 성악가인 세키 아키코関鑑子의 여동생이었는데 쓰다津田영어학원에 재학하던 중 검거되었다. 그녀는 지독한 고문에 시달린 것을 계기로 공산당에 입당했다. 남편이 감옥에 들어가 있는 상태에서 조산으로 갓난아기를 잃는 등 고난과 마주하면서도 과감히 공산청년동맹의 활동에 매진했다. 도키코와는 마음을 터놓고 얘기하는 사이였다. 도키코는 괴로운 마음으로 「빼앗긴 사람에게うばわれたひとへ」라는 시를 써서 작가동맹에서 출판한 시집 『전열戦列』에 발표했다.

1933년 에구치 간은 전보를 쳐서 고바야시 다키지의 학살을 알린다. 도키코는 곧장 스기나미杉並의 고바야시 자택으로 달려갔다. 하지만 기다리고 있던 특별고등경찰에게 붙잡혀 등에 업은 차남과 함께 스기나미 경찰서로 연행된다. 경찰서는 조문을 온 사람들로 만원이었다. 다키지와는 수차례 만났다. 특히 작가동맹 요코하마 지부의 강연회에 초대받아 차로 동행했을 때의 강한 인상이 떠올라 도키코는 통한의 눈물을 주체할 수 없었다.

천황제 권력의 전쟁 정책과 광기 어린 탄압의 상황에서 도키코는 영화관 종업원과 미즈노에 다키코水の江瀧子 등 여배우들의 파업을 지원했다. 그리고 '고메요코세米よこせ(쌀을 내놔라)운동', 무산자 산아제한동맹 활동 등 투쟁이 벌어지는 곳에서도 노고를 아끼지 않고 일했다. 그러면서 세키 도시코를 모델화한 『여성의 고통女性苦』을 『아키타사키가케신포秋田魁新報』에 연재했다. 과로로 인한 미열과 혈담으로 괴로워하던 도키코는 어린애 둘을 아키타의 어머니에게 맡긴다. 그런 상황에서 스사키洲崎 경찰서에서는 기바木場(고토구의 마을)의 노동자 서클 조직을 문제 삼아 남편과 함께 도키코를 검거했다. 당시 수일 동안 유치장 생활을 해야 했다. 도키코는 그대로 무너질 수는 없었다. 「노무자 합숙소에서飯場で」를 『중앙공론』에 게재했다. 연재를 마친 『여성의 고통』은 검열로 복자나 삭제가 있었지만 국제서원에서 출판할 수 있었다.

1934년 2월 구라하라 고레히토蔵原惟人, 미야모토 겐지宮本顕治 등 지도적 문필가들이 감옥에 갇히자 작가동맹은 해산의 위기를 맞았다. 콧프도 이 해에 해체될 수밖에 없었다. 그러나 옥외의 멤버들은 새롭게 『문학평론』을 창간했다. 당시 거처를 히라이에서 도시마豊島구 나가사키長崎 히가시초東町로 옮긴 도키코도 여기에 참가해 집필 활동에 매진했다.

탁아소에 어린애들을 맡겨

▲ 1930년 25세 : 차남 사쿤도 탄생 – 남편 오누마 와타루, 장남 데쓰로, 왼쪽 끝은 의붓 여동생 다카하시 기요, 오른쪽 끝은 사촌 여동생 신도 하나에

◀ 1930년 마쓰다 도키코도 참가해 설립운동이 결실을 맺은 가메이도(亀戸) 무산자탁아소. 미끄럼틀의 가장 앞이 장남 데쓰로

세키 도시코(関淑子)   미야모토 유리코(宮本百合子)

▲ 1930년 1월 : 혼조(本所)구 요코가와바시(横河橋)의 도준카이 야나기시마(同潤会柳島) 아파트로 거처를 옮긴다. 이 아파트를 미야모토 유리코, 가와사키 나쓰(河崎なつ), 세키 도시코 등이 방문했다. 제국대학 세틀먼트 '어머니회', 야나기시마 소비조합 부인부에도 참가해 활동했다. (사진은 나미키 가쓰토시並木克敏 제공, 1969년경)

◀「무엇으로 갚을까」(『여인예술』, 1930년 3월호)

▶ 1930년 11월 「전기(戰旗)낫프 방위프롤레타리아문예 대강연회」에서 강사의 일원이 되다.

▲ 프롤레타리아문학·문화운동을 지원한 여러 잡지

와카스기 도리코(若杉鳥子)

사타 이네코(佐田稲子)

히라바야시 에코(平林英子)

▲▶ 1930년 작가동맹과 일본프롤
레타리아 문화연맹의 여러 회합에
적극적으로 참가 : 미야모토 유리
코, 사타 이네코, 히라바야시 에코,
요코타 후미코, 와카스기 도리코,
와카바야시 쓰나 등과 어울렸다.

요코타 후미코(横田文子)

와카바야시 쓰나(若林つな)

4살과 2살, 사이좋은 어린 형제다……. 미래의 전사인 벌거숭이 아이들의 모습. 아파트 옥상의 빨래터에서—

이곳 혼조 요코가와바시, 도준카이 아파트의 뒤쪽에는 방적공장과 염색공장의 굴뚝이랑 지붕들로 들어차 있었다. 노동자의 거리에 살고 있는 노동자의 부인작가 마쓰다 도키코 씨. 애들의 젊은 '어머니'이다.

3층의 다다미 6조와 3조의 방에 부엌 하나, 그것이 그녀가 갖춘 최소한의 도의 가정이다.

언젠가 『전기』에 나온 그녀의 「목욕탕 사건風呂場事件」을 사람들은 읽었을까? 그 작품은 좌익 부인작가가 쓸쓸하던 때 완성한, 한 편의 두드러진 걸작이었다. ……그녀의 붓은 너무나도 소박해서, 또한 지방 사투리가 많아서 이해하기 어렵다는 비평마저 나왔다.

그 얘기처럼 그녀는 용감한 아키타 사투리로 당당하게 말을 건다. ……부부만 있을 때는 서로 이해하면 그걸로 족하지만 어린애가 생길 때도 경제적인 기둥이 되어야 할 뿐만 아니라 육아의 책임이 여자에게만 주어지니 활동이 어려워진다. 더욱 가정생활이 과학적으로 바뀌어야 한다……라는 점에 대해서. (기사에서)

▲ 벌거숭이 작은 전사와 어머니–마쓰다 도키코 씨. 『미야코(都)신문』 1931년 8월 12일 자 시리즈 「한낮과 여류(日盛りと女流)」의 1회에 등장

◀ 아들 형제(데쓰로 6살, 사쿤도 4살)

▶ 「교육노동자」, 『아키타사키가케신포』 조간 1면 (1931.10)에 19회 연재(26세)

◀ 실력 하나로 사는 그녀 – 마쓰다
도키코를 방문하다 : 『아키타사키
가케신포』 1931년 9월 20일 자

　　"수많은 프롤레타리아작가 중에 가르침을 받지 않고 자본가의 횡포구조를 파악하고 진정으로 노동자의 고통을 겪어온 이는 낫프의 마쓰다 도키코 한 사람이다"……라고 어떤 사람은 평했다. 그 마쓰다 도키코 씨가 이번 달 3일부터 시외 헤비노蛇野의 모씨(그녀의 의부 집) 집에 임시로 거처하면서 두 어린애를 품은 채 곧바로 창작의 붓을 놀리고 있다. 아키타현 출신의 프롤레타리아 작가로는 낫프 소속의 고바야시 다키지가 있으며, 문단에 가네코金子, 고마키小牧, 이마노今野, 이토伊藤 등 많은 분이 있지만 프롤레타리아문단에도 일종의 파벌이 존재해서 남의 눈에 띄는 것이 좋지 않을 때 그녀…… 마쓰다 도키코 씨는 완전히 혼자의 힘으로 현재의 지반을 구축한 의지가 강한 부인이다. 무엇이 그녀를 프롤레타리아 작가로 만든 것일까? (…중략…)

　　기자 : 실례합니다만 당신의 남편은—

　　그녀 : 실제로 운동을 하고 있습니다.

　　기자 : 그럼 당신의 생활은 당신 원고료로 유지되고 있나요?

　　그녀 : 예, 전 우리집 기둥과도 같아서 원고를 써서 벌지 않으면 안 되며 가정부처럼 애들도 돌보지 않으면 안 됩니다. ……집세도 밀려 있어서 곧 쫓겨날 지경입니다. (기사에서)

政渡デー記念

講演 と 音樂 の 夕

●講演及小説詩の朗讀
山田●徳永●林●川口●鹿地●森
山●秀島●江口●本庄●武田●森
元●大宅●堀田●中條●立野●監
井●窪川●松田●其他
ニカートレドホレーソン
ストラーインタナショナルその他・ハーモ
合唱──渡政のうた、勝利その他・オーケ
●音　樂

主催
日本プロレタリア作家同盟東京支部
日本プロレタリア音樂家同盟東京支部

●10月7日●午后6時
●上野自治會館
●勞働者15錢●一般30錢

▶『문학신문』1932년 9월 25일 자: '세토(政渡)데이 기념강연과 음악 공연'에 출연자로 이름이 올라 있다(27세). '세토'는 1928년 대만의 지룽(基隆)에서 경관대에 습격당해 자살한 일본공산당 위원장 와타나베 마사노스케(渡辺政之輔)

國際革命作家同盟

第三回總會近づく

十一月モスクワ

日本代表十一名決定

來る十一月モスクワに開かれる國際革命作家同盟第三回國際會議のことについて、認識に詳しからぬ向もあるであろうが、わが作家同盟から送る日本代表は次の十一名と決定した。

◀ 1932년 11월에 모스크바에서 개최된 국제혁명작가동맹 제3회 총회에 일본대표 11명 중 도쿄지부 부인위원 대표로 선발되었다. 그 외에 에구치 간, 가와구치 히로시(川口浩), 미야모토 유리코, 도쿠나가 스나오(德永直), 혼조 무쓰오(本庄陸男) 등이 있었는데 정부의 여행비자 불허로 출석할 수 없었다.

●大衆の中から盛り上つた講座●

プロレタリア文學講座

全四卷

プロレタリア作家同盟教育部編輯

最新刊

見よ! 整然と體系づけられたる其の陣容を!!!
現代人は本講座に依つて文學の意義とを把握するを要す!!!

★第一卷 理論篇
★第一卷 組織篇
★第三卷 創作篇
★第四卷 特殊問題篇

第一卷出來!!

東京神田區北神保町二ノ一

▲ 1932년부터 33년에 걸쳐 발행된 작가동맹의『프롤레타리아문학강좌』전 4권(하쿠요샤白揚社)의 광고: 「조직편」(1권), 「이론편」(2권)에 이은 「창작편」(3권)에 마쓰다 도키코는 「소설·시를 쓴 경험」을 게재했다.

무용수들의 파업을 응원

1933년 6월, 미즈노에 다키코水の江瀧子 등 230명의 무용수들은 임금 인상 등 처우 개선을 요구, 회사 측이 아사쿠사쇼치쿠자浅草松竹座를 폐쇄하자 파업으로 대항했다. 마쓰다 도키코는 무용수들의 파업을 응원하러 달려갔으며 7월에는 쟁의진상 좌담회에 출석했다(28세).

▲1개월 계속된 쟁의의 진상보고회 강단에 선 위원장 미즈노에 다키코

◀ 미즈노에 다키코의 연극

▲ 제5회 4·16기념대회 기념『프롤레타리아문학』1932년 4월 임시 증간호에 소설「어떤 전선」을 게재. 이 잡지에는 그 외에 무라야마 모토요시(村山知義)의 희곡「지촌하강(志村夏江)」, 마키무라 고(牧村浩)의 시「간도 빨치산의 노래(間島バルチザンの歌)」, 스즈키 교시(鈴木淸)의 소설「감방세포(監房細胞)」등도 게재되었다.

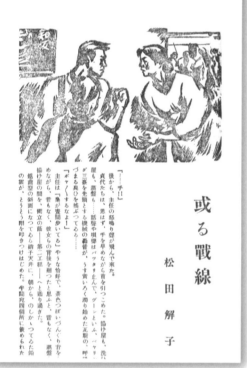

◀「어떤 전선」: 군수공장의 평범한 여공이 공장 측의 군대를 위한 위문금 모금에 반대하는 운동을 통해 "모두가 단결해 요구하면 반드시 이 전쟁을 반대할 수 있다"고 생각하며 계급적으로 눈을 뜨는 모습을 그렸다. 작가의 '중국침략 행위에 대한 온힘을 다한 항의'의 태도도 담겼다.

첫 저서
『여성의 고통』(1933년 10월 국제서원 간행)

친밀감을 가지고 신뢰하고 있던 청년공산당원 세키 도시코(우타고에 운동지도자 세키 아키코関鑑子의 여동생)를 모델로 삼아 비합법하의 연애와 당 활동을 통해 출산의 성性을 지닌 여성 활동가의 고뇌를 그렸다. 도키코는 문학적 출발 당시부터 자신에게 내포되어 있던 테마 '여성과 성과 삶'의 문제를 이 장편소설에서 다뤄 결실을 맺었다.

발간에 즈음해 787곳, 자수로는 3,373자가 복자伏字, 삭제의 탄압을 받았지만 『마쓰다 도키코 자선집』에서 초출 『아키타사키가케신포』에 실린 내용과 대조해 복원시켰다. (자선집 제4권 수록)

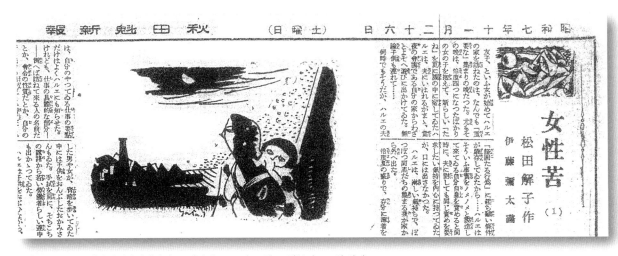

▲ 『여성의 고통』: 『아키타사키가케신포』석간에 1932년 11월 26일부터 111회 연재

다키지를 증언하다

다키지의 문학과 삶에서 배운 바를 전하는 것이 전후 문학 활동의 하나였다. 따라서 도키코는 각지의 '다키지제(祭)'에 적극적으로 참가했다. 1989년 2월 도쿄의 아사가야(阿佐ヶ谷) 구민센터에서 개최된 '고바야시 다키지 학살 추도·결기 집회'는 현재 '나카노(中野)·수기나미(杉並)·시부야(渋谷) 다키지제'로 이어지고 있다.

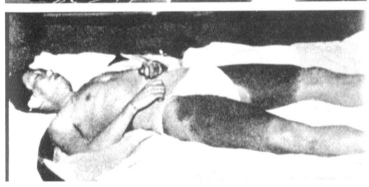

◀ 학살당한 고바야시 다키지의 철야기원(通夜)에 모인 사람들 : 유체에는 온통 타박상의 흔적이 있었고 하반신은 두 배로 부풀어 오른 상태였다. 잔인한 고문에 의한 것이었다.

　고바야시 다키지의 「게 가공선」이 나왔을 때 너무나 대단한 작가라고 생각해 깜짝 놀랐습니다. 만나보니 겸손하고 조용하고 침착한 사람이었습니다. 1933년 특별고등경찰에게 학살되었을 때 어린 차남을 업고 달려갔습니다. 하지만 경찰에 연행되어 작별의 인사도 할 수 없었습니다. 다키지처럼 자신의 사상을 생명화生命化한 사람은 드문 만큼 평생 동안 인상 깊게 느껴왔습니다. 이런 사람이 있었다는 것을 의식했으므로 '권력' 측에 굴복하지 않겠다는 각오가 내게도 생긴 것은 아닐까요? 지금 그러한 느낌이 듭니다.

　（편집위원·유리 사치코(由里幸子), 『아사히신문』 석간 2004년 3월 5일 자 칼럼 「風韻」란의 「프롤레타리아문학을 자랑스레」에서 발췌）

▶ **1974년 '나카노(中野) 다키지 영화를 성공시키는 회'** : 가운데가 시마다 쇼사쿠(島田正策), 오른쪽 끝이 쓰보이 시게지(壺井繁治)

▼ 1995년 2월 22일의 '오타루(小樽) 다키지제'

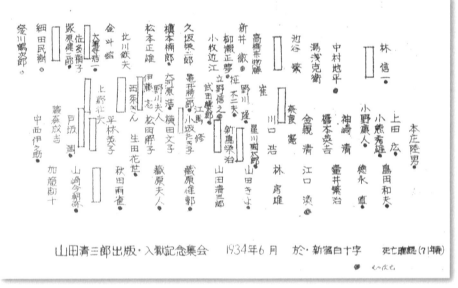

▲ 1934년 6월 프롤레타리아작가 야마다 세자부로가 『전기』 발행과 「게 가공선」 게재와 관련해 불경죄, 신문지법 위반으로 징역 3년 판결을 받고 투옥되는 즈음에 평론집 『프롤레타리아의 새로운 단계』의 출판기념회명을 위장해 신주쿠하쿠주지(新宿百十字)에서 장행회가 개최되자 출석

(29세)

▲ 1934년 프롤레타리아작가동맹 해산 후의 프롤레타리아 작가들 : 『문학평론』 10월호의 '작품검토좌담회'의 출석자 – 앞열 오른쪽부터 가와구치 히로시, 가메이 가쓰이치로(亀井勝一郎), 에구치 간, 다테노 노부유키(立野信之), 미야모토 유리코. 뒷열 오른쪽부터 와타나베 준조, 한 사람 건너서 마쓰다 도키코, 구보카와 쓰루지로(窪川鶴次郎), 모리야마 게이(森山啓), 도쿠나가 스나오

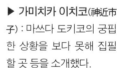

▲ 『부인문예』 1934년 11월호의 광고 : 『부인문예』 발간 기념강연회에서 강사를 맡았다. 그 외에 미야모토 유리코, 후카오 스마코(深尾須磨子), 히라바야시 다이코(平林たい子), 이쿠타 하나요(生田花世), 가미치카 이치코, 사타 이네코, 마스기 시즈에(真杉静枝), 모리 미치요(森美千代), 히라바야시 에코 등이 강연했으며, 독창은 와다 에코(和田英子), 시 낭독은 하나부사 요시코(英美子)가 맡았다.

▶ 가미치카 이치코(神近市子) : 마쓰다 도키코의 궁핍한 상황을 보다 못해 집필할 곳 등을 소개했다.

▶ 「톱밥(大鋸屑)」 : 1934년 6월 『문예』에 발표한 의부와의 불화를 그린 작품. 51곳, 828자가 삭제되는 탄압을 받는다.

5

전시하의 저항과
사생활의 혼돈

1935년 30세

1935년 막이 열린 쇼와昭和 10년대에는 천황제 파시즘으로 국민의 생활과 인권이 짓밟혔다. 게다가 진흙탕 같은 전쟁이 확대된 결과 엄청난 사람들이 목숨을 잃었다. 그리하여 일본이 패전을 떠안은 시대였다. 침략전쟁에 반대해온 유일한 정당 일본공산당이 탄압으로 결국 중앙위원회의 기능을 잃은 것도 1935년의 일이다.

나카노 시게하루 등 프롤레타리아작가의 전향문학이 활기를 띠는 한편 야스다 요주로保田与重郎 등의 '일본낭만파'가 우경화를 노골적으로 드러냈다. 또한 바로 전 해에 내무성 경보警保국장이 주선하여 문예담화회를 결성시키는 등 권력은 문단을 수중에 넣는다. 노동자계급 출신의 작가·시인으로 활약하던 도키코에게는 한층 가혹한 시대가 되었다. 그러나 도키코는 일찍이 미야모토 유리코가 언급한 "기록하니까 존재한다"라는 말을 마음에 새기고 있었다. 주변에서 일어나는 여러 일들은 기록함으로써 있었다는 사실로 남는다. 그것이 압정에 저항하는 도키코의 버팀목이었다.

1935년 1월 지하활동 중에 세키 도시코가 화염에 휩싸여 26세의 젊은 나이에 세상을 뜬다. 도키코는 비통한 마음으로 시 「애도의 노래哀悼の歌」를 『센쿠先驅』에 발표했다. 이어서 『문학평론』에 「참을성 강한 자에게辛抱づよい者へ」 등 시를 계속 발표해 그해 말 도진샤同人社서점에서 첫 시집인 『참을성 강한 자에게』를 간행하기에 이른다. 도키코 30세 때의 기념할 만한 출판이었다. 그러나 검열로 복자와 항 삭제가 가해졌고 여성 시인으로서는 유일하게 발매금지처분의 대상이 되고 만다.

그럼에도 프롤레타리아작가의 재조직에 적극적으로 뛰어들었다. 에구치 간, 하야시 후사오林房雄, 아오노 스에키치青野季吉, 히라바야시 다이코 등과 함께 독립작가클럽의 창설을 도모해 간부로 선출되었다. 3월에는 다케다 린타로武田麟太郎가 파시즘에 반대, 프롤레타리아작가의 발표 무대를 위해 『인민문고』를 발행했다. 도키코는 즉시 소설 「평화로운 분平和な方」을 발표했으며 평론을 쓰면서 활약했다. 그 전후에는 부인, 어린애, 노동 문제뿐만 아니라 문학에 관한 에세이와 평론을 다수 집필했다. 잡지의 좌담회에도 계속 참가했다. 『노동잡지』에는 「도쿄시전市電의 직장 방문기」를 모리쿠마 다케시森熊猛의 만화를 삽입하여 발표하는 등 르포르타주도 집필했다.

1936년 11월 1일 아키타현 오사리자와尾去沢 광산에서 광재鑛滓 댐이 무너져 광부의 연립주택이 떠내려갔다는 신문기사가 눈에 들어왔다. 오사리자와 광산은 도키코가 자란 아라카와 광산과 마찬가지로 미쓰비시 회사가 경영하고 있었다. 충격을 받고 가만히 있을 수 없어서 가와사키 나쓰河崎なつ에게서 교통비 등 지원을 받아 현지를 방문했다. 처참한 사고현장을 목격하고 곧장 르포르타주를 2편 집필해 다음해 1월 『부인공론』과 『일본평론』에 발표했다. 광부에 대한 차별적 대우를 환경과 정보의 시점에서도 지적하고, 현황을 생생하게 전하며 자본의 책임을 분명히 한 르포는 도키코가 아니고는 쓸 수 없는 내용이었다. 이 취재에서 소설 「분쇄기 다루는 젊은 인부와 댐若いボー

하야시 후미코(林芙美子)가 촬영한 중국전선 풍경(『신초新潮일본문학앨범 - 하야시 후미코』)

ルミルエとダム」이 탄생했다. 1939년에는 『문학계』에도 발표했다.

1937년 7월 노구교蘆溝橋 사건이 일어났다. 이는 중국에 대한 전면적인 침략전쟁으로 이어졌다. 다음 달에는 국민정신총동원 실시요강이 각의에서 결정되었다. 작가 요시카와 에이지吉川英治 등과 함께 하야시 후사오도 신문, 잡지 특파원으로 전지로 뛰어들었다. 문학자의 동원으로 국민을 전쟁으로 유도하는 분위기가 형성되었다. 이 때부터 다음해에 걸쳐 도키코는 장편 『여성선女性線』과 평론집 『애들과 함께子供とともに』의 간행 외에는 작업을 하지 않았다. 「어느 날或ひ」이라는 단편만을 썼다. 이전의 활동지역을 방문하는 여주인공이 출입금지 구역에서 검문을 받는 이야기 속에는 작가 자신의 불안과 소외감이 반영되었다. 전쟁

협력을 거부하는 자는 고립되고 마는 시대였다. 게다가 남편 오누마 와타루와의 사이에도 조합운동의 조직 문제로 균열이 생기고 있었다.

1938년 가을 도키코는 연애를 한다. 상대는 연하의 투옥 체험이 있는 문학자였다. 함께 문학을 얘기하며 배울 수 있는 인물이었다. 이후 와타루와 도키코는 별거생활을 했다. 1939년 가을 북해도로 건너가는 오누마에게는 아들 둘이 딸려 있었다. 여자로서 성의 정체성과 어린애들에 대한 사랑으로 가슴이 찢기는 듯한 번민 속에서 도키코는 자신을 돌아보며 장편소설 『여자가 본 꿈女の見た夢』을 집필한다. 하지만 1941년 12월의 태평양전쟁 돌입 시기에 오누마가 검거된다. 예비구금이었다. 도키코는 삿포로札幌로 가서 어린애들을 돌보며 오누마의 석방을 위해 분주하게 뛰었다. 이를

계기로 생활의 재건을 도모하게 된다. 그 결과 1943년 도쿄에서 원래의 가족생활을 회복할 수 있었다.

1942년 문예가협회가 옷을 바꿔 입고 일본문학보국회로 발족했다. 임원을 모두 내각정보국이 지명했다. 유일한 문학단체가 정보국의 감시하에 놓인 것이다. 도키코는 "붓을 꺾는 것"까지 생각한다. 하지만 생활을 위해 산업조합중앙회에 근무하면서도 쓰는 것이야말로 사는 것이라고 느낀다. 1943년 가을에는 만주로 가서 아키타에서 온 개척단 등을 방문하고 월간 『아키타』에 「건강한 꽃元気な花」을 집필했다. 전쟁 고양을 노래한 부분이 없는 객관적인 보고문이었다. '개척'의 본질적인 내용에 대해서는 언급하지 않았다. 이해에는 또한 온시恩賜재단교육회의 월간지 『교육』에 1년간 어머니들을 위한 에세이를 연재했다. 어머니와 아이의 육성이라는 내용이었는데 학도근로동원 등에 대해서는 국책에 따른 논조가 되었다. 도키코는 전후의 단편 「푸른 가지わかい枝」에 "전쟁에 정면으로 반대할 수 없어서"라며 혹독한 자기비판을 가했다. 반전의 주장을 관철하지 못했던 그 억울함이 전후의 인생을 권력에 대한 투쟁에 전력을 다하도록 채찍질했다고 볼 수 있다.

1945년 5월에는 니가타新潟의 절 주지이던 오빠 만주의 처가 세상을 뜬다. 관동대지진 때 병역을 피해 대만의 절에 은신했던 만주는 니가타의 절에서 주지 생활을 하고 있었다. 조문하고 돌아오자 전날 저녁의 도쿄 공습으로 나카노구 에코다江古田의 집이 전소되어 있었다. 가재도구와 원고, 일기 등도 모두 불에 타

잃고 말았다.

도키코는 이주한 옆 동네 에코다 3가에서 8월 15일의 패전을 맞이했다. 그날의 인상에 대해 일기에 이렇게 적었다. "내가 살아가는 태도에 대해서는 '그대의 본분을 다하라'는 한마디로 다 표현할 수 있다. (…중략…) 그 본분은 반드시 작품을 쓰는 것만을 말함이 아니다. 앞으로 일본여성이 겪을 실제적 생활을 통해 전일본의 각성과 신세계의 창조를 도모하는 것이 되어야 한다."

시집 『참을성 강한 자에게』 발매금지처분

◀ 1935년 30세. 오른쪽부터 남편 오누마 와타루, 장남 데쓰로, 차남 사쿤도, 오빠 쓰치다 만주(土田萬寿)

◀「시골사람(田舎者)」: 1935년 1월부터 11월에 걸쳐 『부인문예』에 연재. 시골 출신인 아가씨 '가쓰에(カツエ)'가 상경해 일본노동조합 평의회의 대회에 참가한다. 와타나베 마사노스케의 부인 단노 세쓰(丹野セツ)를 연상시키는 '하루노 세이코(榛野せい子)'의 활약을 본 뒤 그에 지지 않고 분발하려고 하는 등 노동운동과 관계를 맺어가는 경위가 그려져 있다. 마쓰다 도키코의 상경 당시를 방불케 하는 작품. 12월호로 완결 예정이었는데 그러지 못하고 휴재(休載)했다. 이 작품을 바탕으로 썼다고 생각되는 소설 『방랑의 숲(さすらいの森)』은 1940년에 간행되었다.

시집 『참을성 강한 자에게』

어린애를 등에 업고 밤에 외출하는 여성이 표지에 그려진 이 책은 1928년부터 1935년 사이에 쓴 35편을 수록한 첫 시집이다.

여성의 성 문제, 육친에 대한 사랑, 자본에 억압당하는 노동자, 비합법하에서 일하는 여성 활동가. 소재는 다양하지만 어느 것이나 어두운 시대를 최선을 다해 살아가는 작가의 열정으로 가득 차 있다.

발표 때 가해진 복자, 삭제의 탄압에 더해 완성된 책에서 2페이지가 잘려나가고 여성시인으로서 유일하게 발매금지처분을 받았다.

1935년 도진샤同人社 서점 출간(1995년 후지不二출판 복간, 해설은 도이 다이스케土井大助)

일하는 여성들

車掌は軍掌さん

たちのオフィスではなかつた。ガソリンの臭ひと埃つぽい中で次の發車を車上掌も詰員算つてる時上で宜ぶるのに大騒ぎだ。計算卓の上で宜ぶるのに大騒ぎだ。計算卓の上で宜親である。チラリ、スーツライトのやうな眼を彼女等の上に先る。

しかし、軍庫はやはり歧女のオアシスであつた。食堂の御飯はれてある比較的楽に出來てあること愉快そうに、眼を輝かすのであつた。曰く、「四二號と車庫で×分間の休ひ□□□□で、實に一四□です。彼・×まで早く中に出るやうに計画があります」と澤山私たちのところまで見て見ないふをするのですが、誰の眼にもこれはと思ふやうなことがありますからね。

「その、これはと思ふやうなこ

なく、對社會的にもいろ〜あればそれを監督しなければならないんです。」
「そういふことが間々ありますね。」
「えゝそれは──。若い人たちのとです大概のところまで見て見ないふをするのですが、誰の眼にもこれはと思ふやうなことがありますからね。」
「その、これはと思ふやうなこ

しに、
結婚したいと思ふ相手の見つかつた時でも、車掌さん達は結婚することならないと思ふんですね。あれはハタの眼にも全くひどいと思ひますが。」
「その私たちもほんとに同情してゐます。」この答は決して皮肉ではなく、眞面目な答だつた。
「結婚すれば仕事を辞めさせるといふのは市當局の都合ですものね。結婚して家庭で安心した暮せたら、減にさせる遣具もなくやめさせて、減らす。一扇員になると結婚して辞めなくてもいいんですか」
「まアそれは大概いいことに。」
「係年齢はありますか。」
「三十五までだそうですが。」
「あるほどいところをを──」知らないほど切追した停年制ではないらしい。その頃若い車掌さんが云ひ出した。わたしら三十五で市バスしたわ。

◀ 르포「도쿄시전의 직장방문기」: 1936년 1월『노동잡지』에 모리쿠마 다케시의 만화를 삽입하여 발표(31세)

▲ 1936년 3월 전쟁 전 최후의 국제부인데이를 도요시마구 나가사키에 사는 시마자키 도손(島崎藤村) 문하의 요시다 세이코(吉田誠子, 왼쪽 끝)의 자택에서 비밀리에 개최. 와타나베 마사노스케의 어머니 데후(テフ, 붕대를 두른 사람)도 참가. 기둥에 레닌의 사진이 걸려 있고 그 앞이 마쓰다 도키코

엔치 후미코(円地文子)

야다 쓰세코(矢田津世子)

도미모토 가즈에(富本一枝)

히라바야시 다이코(平林たい子)

▶ 좌담회 '일하는 여성은 이렇게 본다(働く女性は斯く視る)'에 출석 : 『인민문고』 1937년 1월호에 게재

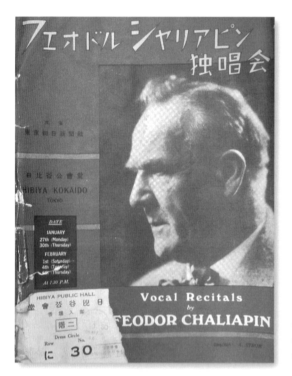

座談會

働く女性は斯く視る

出席者

會社員　伊藤のり子
農婦　岡村浪江
連記工　山越高勝
印刷給工　村浦由美子
事務員　後藤八重子
女給工　森元榮二子
車掌　大谷藤子
紡績工　矢田津世子
平林たい子　圓地文子　小坂たき子　松田解子

●集渦の中の餘藝時間

◀ 1936년 1월 살랴핀 방일 공연 : 입장료는 당시 최고 레벨인 6엔. 세키 도시코에게 받은 오버를 전당포에 맡겨도 마련할 수 없었으므로 전부터 존경하는 도미모토 가즈에에게 요청해 그녀의 도움으로 평생 잊을 수 없는 무대를 만끽했다. (사진은 히비야日比谷공회당 소장)

死體五十個を收容す
附近一帶泥海と化す
應援隊急行す

【秋田電話】二十日午前三時頃秋田縣鹿角郡三菱尾去澤鑛山中ノ澤の精錬滓の硫化泥沈澱貯水池のダム高さ約四十尺が數日來の降雨の爲緩み突如決潰し泥流は怒濤の如く物凄く奔流して下流の中ノ澤、笹小屋、瓜畑、新堀等の各部落坑夫長屋に押寄せて長屋及び住宅四百五十戸を決潰せしめ死傷者一千餘名に達する見込み泥流は深さ四十尺に及び米代川に流れ出し一部を堰止め死體は點々流れ慘澹たる有樣を呈してゐる泥流に押流されたのは何れも坑夫長屋住宅等であるが劇場協和館尾去澤町駐在所は泥流に押流された【寫眞は中ノ澤全景、尾去澤附近略圖】

【秋田電話】尾去澤鑛山の泥流奔出事件のため縣衛生課から中山、千田兩啓吉、保安課より三未啓部、伊藤啓部補等が救護應援のため現場に急行した

言語に絶する慘狀

【秋田電話】尾去澤鑛山の硫化泥の奔流は鑛山と花輪町を繋ぐ澤に殺到しその下流は全部長屋といはず住宅といはず農家といはず泥流に押流され或は埋沒し上流附近の硫化泥數百尺下に埋沒した家屋あり花輪町鑛山間の交通は全く杜絶し泥流は尾去澤町字西道口より更に米代川の上流に達し米代川を堰止めて川水を逆流させ花輪驛附近の田圃まで一面に泥流の海となつて居り午前十時頃に花輪消防組が米代川から引上げた死體三十、錦木村消防組の收容したもの二十余に及んでをる

部落百戸も埋沒

【秋田電話】二十日午前六時二十五分秋田縣警察部に達した情報左の如し
尾去澤鑛山中ノ澤、瓜畑兩部落に浸水し住家多數流出の見込みなるも同時までに發見された死者三名、なほ收容者十名に及んだ同部落の住宅約百戸でいづれも泥流に埋められし詳細不明である

救護班組織
昔から著名な銅山

【二十日午前五時四十五分秋田縣知事より内務省に達したる第一報】鹿角郡尾去澤鑛山中ノ澤鑛毒用貯水池決潰し下流の中ノ澤、瓜畑兩部落に浸水住家約百戸、なほ收容十名に及び死者約三名、合せて四百五十戸により一部埋没

二十日

가와사키 나쓰

▲ 1936년 11월 20일 자 『아사히신문』 호외 : 아키타 가즈노군(鹿角郡) 오사리자와 마을의 광재댐이 붕괴되어 탁류가 마을을 덮쳤다. 사망 374명, 행방불명자 44명, 부상자 174명이 발생하는 참사였다. 사건을 접하고 다음날 아침 문화학원의 가와사키 나쓰에게서 기차 요금과 숙박 소개 등 지원을 받아 밤에 현지로 급하게 출발했다. 이 해에 「천 명의 산 영혼을 집어삼키는 죽음의 유화 진흙탕 속을 간다」(『부인공론』, 1937년 1월호), 「오사리자와 사건 현지 보고」(『일본평론』, 1월호)를, 1939년에는 소설 「사랑은 무엇일까 – 갑옷 입은 거품(愛とは何ぞや–鎧われたる泡)」(나중에 「분쇄기 다루는 젊은 인부와 댐」으로 제목 바뀜)을 『문학계』에 발표

奔逸する泥流の怒濤

尾去澤鑛山の堤防決潰

▶『여성선』의 모델이 된 무산자 산아제한동맹 사무국장 야마모토 고토코(山本琴子) 부부

『여성선』

　1936~1937년 『데이토帝都일일신문』에 연재한 「흰색엉겅퀴 부인白薊婦人」을 1937년 10월 『여성선』으로 제목을 바꿔 다케무라竹村서방에서 간행 (1995년 개정복간, 아케비서방. 해설은 가쓰야마 슌스케勝山俊介).

　1931년 창립된 무산자 산아제한동맹에서 활동을 같이 한 젊은 상임활동가 야마모토 고토코를 모델로 삼아 '산아제한' 운동의 과제와 자신의 임신 사이에서 고뇌하며 결국 죽음에 이르는 젊은 여성의 장렬한 생애를 그렸다. 산아제한 운동을 그린 유일한 장편소설.

▲ 1937년 7월 '노구교 사건'으로 호타이(豊台)에 도착한 일본군 부대 : 중국에 대한 전면적인 침략전쟁이 시작된다. (마이니치신문사 제공)

◀ 침략전쟁을 반대하는 목소리 : 일본공산당의 간부들이 잇달아 검거되어 중앙위원회도 해체, 『셋키(赤旗)』도 간행 정지 상황에 몰리는데 일본공산주의자단이 대중을 위한 신문 『민중의 목소리』, 기관지 『폭풍우를 무릅쓰고(嵐をついて)』를 발행해 침략전쟁 반대의 목소리를 높였다.

◀ 1938년 언론·출판에 대한 통제가 강화되었다. 종군하는 작가들(『신초쇼와문학앨범』 1)

▶ 1938년 상해에 파견된 펜 부대(『신초일본문학앨범 ― 하야시 후미코』)

평론집 『어린애와 함께』

마쓰다 도키코는 교육 문제에도 깊은 관심을 기울여 교육평론·에세이를 다수 집필했다. 두 아이도 다이쇼데모크라시 영향을 받은 개성적인 사립학교 '아동의 무라서초등학교'에 취학시켰으며 그 연으로 잡지 『생활학교』의 단골 집필자로 활동했다.

『어린애와 함께』(1938년 후소카쿠扶桑閣 간행, 1997년 오조라샤大空社 복간)에는 타 잡지나 게재지에 실린 것을 포함해 「어머니의 감상」, 「교육에 바라는 것」, 「가정생활과 라디오」, 「오사리자와 사건 현지보고」 등 50편 이상을 수록했다. 작가의 교육에 대한 조예 깊은 생활의 감상을 표현한 교육론·에세이집이다.

▲ 후나코시(船越)역 : 1939년(34세)에 남편, 아이들과 헤어져서 지내게 된다. 1940년 여름에는 시부야구 요요기우에하라(代々木上原)의 아파트에서 생활했다. 이듬해 6월에는 오가한토(男鹿半島)의 후나코시역 근처에 사는 의붓여동생 기요의 철도관사 주택에 잠시 머물렀다. 7월에 민가로 이사한 후「아침 이슬(朝の露)」을 썼다. 소설「아침 이슬」은 "중일전쟁 개시 후 아키타현 하치로가타(八郎潟)의 반농반어 생활을 하는 집에 한때 머물며 집주인에게 배우고 밭에도 들어가고 포구에도 나가 취재해 집필한 내용"이라고 썼다.(『일본의 역(日本の駅)』, 철도저널사, 1976)

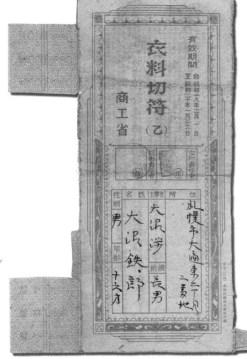

◀ 전쟁 중의 의류상품권(장남 데쓰로의 것. 유효기간 1943.2.1~1945.1.31) : 상품권 제도였기에 의료 품목은 상품권이 없으면 살 수 없었다. 이 상품권 주소는 삿포로시. 1939년에 별거한 남편 오누마 와타루가 장남과 차남을 데리고 북해도로 건너가 있던 무렵의 것.

『여자가 본 꿈』

"나는 자주 인생에서 도피하는 여자였다. 첫 번째는…… 어머니의 집에서, 두 번째는…… 숙부의 집에서 세 번째는 자신이 이룬 가정에서…… 더욱이 네 번째는."

오빠가 절에서 중얼거리는 장면에서부터 시작하는 『여자가 본 꿈』은 1939년에서 1941년에 걸쳐 남편, 아이들과 헤어져 지내게 된 자신의 연애 사건에서의 탈각을 인생의 총괄적 시점에서 추구했다. '여성의 성과 삶'의 문제의 총결산이었다.

1941년 5월, 고아興亞문화협회 간행. 6개월 후인 태평양전쟁 개시에 즈음해 오누마가 예비구금으로 구속되자 마쓰다 도키코는 오누마의 석방과 생활 재건에 착수한다.

도쿄 야마노테山の手, 공습으로 재해

▲ 1945년 5월 25일 미폭격기 B29 습격 : '도쿄 공습의 총정리'라고도 불린다. 미국은 아카사카(赤坂), 아오야마(青山), 나카노(中野) 등을 표적으로 삼아 소이탄을 떨구었다. 사진은 전쟁 피해를 입은 나카노구의 불에 탄 흔적(나카노구 제공).

▲ 1945.5.26 발행된 재해증명서 : 주소는 나카노구 에코다(江古田) 4가. 야마노테 공습으로 재해를 입어 가옥, 가재, 저작물, 사진, 일기 등이 모두 소실되었다.

▲ 1945년 발행된 의류상품권(본인의 것, 유효기간 1944.4.1～1945.3.31) : 임부 마크('姙')가 있다. 뒷면의 주의사항에 '임신 5개월 이후의 부인'은 특히 교부받아야 한다고 적혀 있다.

▲ 식량을 얻기 위한 재해증명서 : 이 외에 가정용 어류구입통지표, 야채통지표, 소금구입권 등이 있다. 의식주 모두 바닥나 있었다.

▲ **1945년 5월** : 불탄 흔적을 정리한 뒤 농원을 조성하는 사람들(마이니치신문사 제공)

보리　1945년 5월 30일의 일기

재해로 거처를 옮겼다.
임시 주거지 창문으로 보리밭이 보인다.
바람이 불어 보리가 산들거리고 있다.
바람이 강해지면
보리는 깊게 웅크리고
바람이 지날 때면
안심하며 똑바로 선다.
'보리는 그냥 살랑댄다'고
나는 읊조린다.
보리에도 사랑이 있고 양식이 있어서
이삭을 품을 것이다.
아직 조금밖에 부풀어 오르지 않았지만
분명 몸이 무겁다.
대피하지도
물러나지도 않고
보리는 자라려고 한다.
보리에도 힘과 행복이 있으라.

꿈　1945년 5월 31일의 일기

최근 먹는 꿈을 꾼다.
아침 눈을 뜬 뒤
그에 대한 치사함을 슬퍼한다.
그런데 어제 저녁 내가 여러 사람 중에서
주범인으로 찍혀
가슴을 편 상태로
적의 피스톨 앞에 서서
그것을 맞는 꿈을 꾸었다.
하지만 꿈속에서
나는 전혀 죽지 않은 채
매우 태연하게
돌아다니고 있었다.
죽음의 시기가 임박한 것을
정확히 마음속으로 납득하며
일어나서 먹는 꿈이 아니라
이젠 괜찮다고 중얼거렸다.

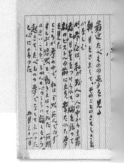

8월 15일 패전

▲ **1945년 8월 6일 히로시마, 9일 나가사키에 미국이 원자폭탄을 투하** : 15일 항복을 고하는 천황의 라디오방송으로 일본의 침략전쟁은 끝났다. 사진은 대공습 다음날 나카노구 누마부쿠로(沼袋) 부근이 불에 탄 흔적(나카노구 제공).

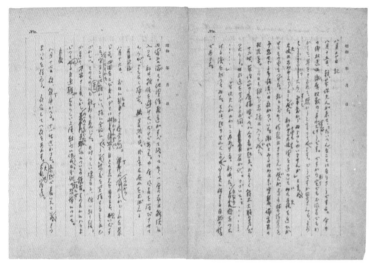

▲ **패전의 날 일기** : "8월 15일, 아침…… 며칠 전부터 정보가 먼저 퍼져 있었다. 하지만 반대의 결과를 예상하지 않을 수 없는 밤낮이 지속되었다. 격화로 볼 수밖에 없는 공습, 비축한 쌀의 배급 등. 이 날도 아침부터 미국 비행기는 날아왔다. 12시…… 방송……. 나는 조용히 나의 뺨에 흐르는 눈물을 감지하고 있었다. 발생한 이 하나의 사실에 대한 자연스런 감정이었다. ……찌는 듯한 날. 매우 피로를 느꼈다."

▶ 1945년 8월 15일 쇼와(昭和)천황 패전 선언 직후, 나카노역 북쪽 개찰구에서 열린 암시장 앞에서 여름 구름을 쳐다보며 읊은 시

여름 구름이여

여름 구름이여
초록색 하늘의 끝을 담아
말없이 떠난 뒤
몸을 꼼짝하지 않는구나

부끄러움이 많아서
초토를 가린 채 고개를 숙이는구나
초원 같은 담백함
인간의 피로

여름 구름이여
거대한 사랑의 포로가 되어
꿈꾸는 눈동자를 보이는구나

넋을 잃고 바라본다.

(자선집 제9권에 수록)

▲ 1940년 모나스(モナス)

▲ 1942년 고메이지(古明地)서점

1941년 청년(青年)서방

▲ 1940년 하쿠스이샤(白水社)

1940년부터 1944년까지의 저서

이 시기의 저작은 『여자가 본 꿈』을 포함해 9권이다. 단편집 3권(『어리석은 향연愚かしい饗宴』, 『스승의 그림자師の影』, 『아침이슬朝の露』), 장편소설 4권(『사무라이의 숲さむらいの森』, 『여자가 본 꿈』, 『바다의 정열海の情熱』, 『여농부의 기록農女の記』), 단편·수상집 2권(『여자의 화제女の話題』, 『꽃의 사색花の思索』).

단편·수상집 2권에는 사회·부인평론 등이 포함되어 있다. 당시의 정세 속에서 도키코가 분투하는 모습을 엿볼 수 있다. 이 시기의 작품에 대해 마쓰다 도키코는 "당시 나의 주관이나 혼란의 소산, 혹은 그곳 생활에서 필요해서 서둘러 쓴 작품들로, 이것들은 모두 앞으로 작가 자신의 자성의 용광로이며 다시 정련되어야 할, 작품을 위한 원광原鑛이다"(『회상의 숲』)고 기록했다.

『여농부의 기록』은 당시 근무하던 산업조합중앙회(농협의 전신)에서 실시하는 계몽운동의 일환으로 간행되었다. 단편집 중 전후의 저작에 마쓰다 도키코가 수록한 소설은 『아침이슬』 속의 「밤과 데쓰조小夜と鉄蔵」, 「아침이슬」, 「이자와 선생伊沢先生」 등 3편이다.

▲ 1944년 농산어촌(農山漁村)출판소

▲ 1942년 고아문화협회

▲ 1940년 리쿠게이샤(六藝社)

▲ 니시무라(西村)서점

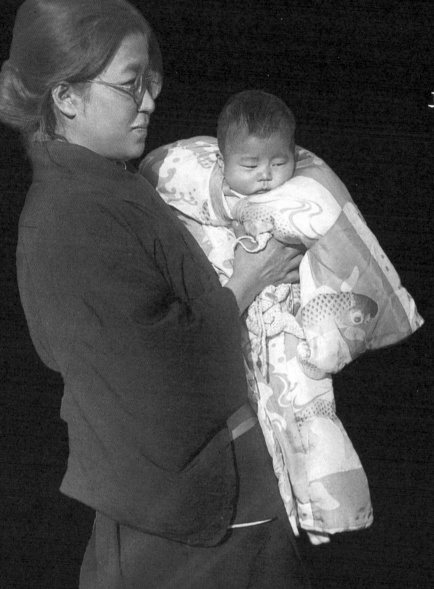

6

전후의
투쟁과 문학

패전 다음 달인 1945년 9월 장녀 후미코(史子) 출산

1945년 ~ 1959년 40~54세

패전 후 약 1개월 반이 지나 도키코는 40세의 나이로 셋째, 딸 후미코를 출산했다. 장남 데쓰로는 17세, 차남 사쿤도는 15세가 되어 있었다. 그런 상황에서 특고와 헌병 감시하의 생활, 식량난, 공습경보에 내몰렸다. 방공호로 도망쳐 들어간 나날을 뱃속에서 보낸 갓난아이는 '응애' 하고 한숨을 쉬듯 가냘픈 울음소리를 내며 태어났다. 하지만 새로운 생명이 탄생해 얼마나 힘이 되었던가.

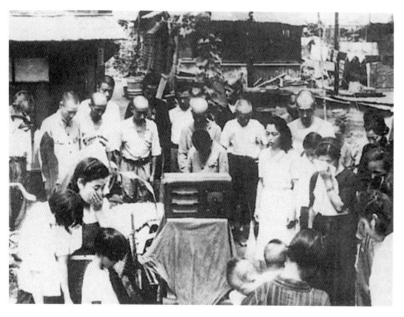

패전방송을 듣고 있는 사람들(『신초일본문학앨범 별권』4)

10월 GHQ(연합군총사령부)가 치안유지법 철폐, 정치범 석방 지령을 내렸다. 옥중의 약 3천 명이 석방되었고 『셋키赤旗』도 재간되었다. 문학자들은 연말에 신일본문학회를 결성했다. 그곳에 도키코도 참가했다. 12월에는 1개월간 『민포民報』에 「쾌청한 가을 날씨秋晴れ」를 연재하며 집필활동을 개시했다.

해가 바뀐 1946년 2월 재건된 일본공산당에 도키코는 입당한다. 결성 후 비합법단체로 몰리던 당에 희망을 품으면서도 입당할 기회가 없었는데 지금이야말로 새로운 시대를 맞이하는 일원으로서 성심성의껏 투쟁하려는 각오였다. 지역에 '세포'(현재의 지부)를 만들어 우선 심각한 식량난의 대책에 착수했다. 4월에 전쟁 후 처음으로 총선거가 실시되었다. 여성이 비로소 선거권을 얻은 선거였다. 아키타에서 출마한 후보자 두 사람의 응원을 위해 20일 동안 젖먹이를 데리고 현県 각지의 집회현장을 돌았다. 선거 후 정부는 헌법개정초안 전문을 발표했다. 도키코는 곧바로 『사회평론』에 「헌법초안과 부인」을 써서 남녀평등을 호소했다.

전쟁 후 5월의 첫 메이데이에는 50만 명이 참가했다. 도키코는 나카노의 기아돌파구민대회에서 3월 창립된 '부인민주클럽'의 서기장 구시다 후키櫛田ふき를 만난다. 이는 평생을 둘이서 친하게 지내는 교류의 계기가 된다. 그 다음날에는 25만 명이 참가한 가운데 식량위기돌파 국민대회(식량 메이데이)가 황거皇居 앞 광장에서 열렸다. 그러자 다음날 점령군 총사령관 맥아더가 데모금지 명령을 내렸다. 점령정책이 크게 변화하고 있었다. 이 해 도키코는 식량확보투쟁에 집중하는 한편 신일본문학회 제1회 창작

콩쿠르의 선발자로 나섰다. 10월의 제2회 대회에서는 상임중앙위원으로 취임했다.

다음해 4월 도키코는 아키타현 지사 선거에 입후보한 스즈키 교시鈴木清의 지원 활동을 했다. 이어서 제23회 총선거에는 아키타 2구에서 공산당이 공인한 오누마 하나라는 이름으로 입후보한다. 아직 젖을 떼지 않은 후미코와 후미코를 돌보는 사쿤도를 동반한 선거운동에서 8,794표를 획득했지만 낙선하고 만다.

냉전 체제 하 GHQ의 경제정책으로 불황이 심각해져 도산이나 해고가 잦았다. 1949년 여름 당과 노동운동에 얽힌 모략 사건이 잇달아 발생했다. 7월 4일 맥아더가 「일본은 불패의 방공방벽」이라는 성명을 발표한 그날, 국철은 30,700명의 해고를 통보했다. 2일 후에는 국철의 시모야마下山 총재가 차에 치어 사체로 발견되었다. 그날 도시바東芝는 4,600명의 해고를 발표했다. 노조는 파업에 돌입했다. 7월 15일에는 중앙선으로 무인열차가 폭주한 '미타카三鷹事件 사건'이 발생했다. 그리고 8월 17일 도호쿠東北 본선 열차전복, 즉 '마쓰카와松川 사건'이 일어났다. 사건 다음날에는 내각관방장관이 "사상 아래로 흐르는 것은 같다"고 담화를 발표했다. 조사당국은 노동쟁의와 관련한 국철 · 도시바의 활동가 등 20명을 체포 · 기소했다. 이 사이에 공산주의의 대학교수 추방과 관련한 '이르즈이루즈 사건'이 있었다. 미국 본토에서도 적색분자 추방이 가속화되어 미일 양국에서 반공의 회오리가 몰아쳤다.

도키코는 이 무렵 이미 『노동자』에 「분투たちあがり」를, 『주오코론(중앙평론)』에 「해고의 현장 지대를 가다

首切り地帯を行く」라고 하는 르포르타주를 써서 노동자 해고의 현 상황을 호소하고 있었다. 일련의 사건 진상 해명과 무고한 사람들을 지키기 위해 그 뒤 지역에 국민구원회 지부를 결성해 지원활동을 전개했다. 12월에는 미타카 사건의 르포르타주 「눈썹眉毛」을 『일하는 부인働く婦人』에 발표했다.

다음해인 1950년 1월 『화교민보』와 『아카하타』의 기사를 통해 도키코는 하나오카 사건을 접한다. 전쟁 중 노동자 부족을 보충하기 위해 중국에서 강제 연행된 사람들 중에서 아키타현 하나오카 광산에 끌려온 1,000여 명 정도가 엄격한 감시하에 노예처럼 노동을 강요당했다. 그 처우에 참을 수 없어 패전의 해 6월에 봉기했지만 3일 만에 진압되어 회사 측의 린치와 학대, 혹사에 의해 절반 정도의 중국인이 목숨을 잃었다는 기사였다. 흩뿌려진 유골 발견을 계기로 세상에 드러난 이 문제를 접하고 도키코는 경악했음은 물론 하나오카 노조 대표에게 연락을 취해 현지를 방문했다. 사건 1년 전에 나나쓰다테七ツ館 갱도에서 난굴로 인한 함몰 사건이 있었으며 일본인과 조선인 노동자 22명이 생매장되었던 참사도 알게 되었다.

방치된 유골을 보고 눈물을 흘린 도키코는 그 이후 지역사람들과 함께 유골 발굴 작업에 참가해 중국 본토 송환 때에도 동행했다. 하나오카에 위령비를 건설하는 작업에도 협력을 아끼지 않았다. 하나오카 사건에 관한 많은 르포르타주를 집필했으며 소설 『땅밑의 사람들』(『인민문학』, 1951)을 발표했다.

이 해에는 스탈린 간섭으로 인한 당의 분열(50년 문

제)이 있었다. 지역의 세포는 물론 신일본문학회에서
도 회의 중심멤버에 대립하는 입장에서『인민문학』
이 발간되는 등 여러 분규가 이어졌다. 괴로운 나날의
연속이었다. 더구나 한국전쟁이 발발했다. 그리고 맥
아더의 반공 공격이 시작되었다. 그런 상황에서 오누
마 와타루의 결핵이 발병해 입원해 수술을 받았다. 경
제적으로도 곤란해서 생활보호를 받지 않을 수 없었
다. 아들 둘은 대학생이 되었지만 5살 후미코는 반공
선전의 영향으로 '빨갱이, 가난뱅이'라는 소리를 들
으며 돌팔매질을 당했다. 그녀는 울면서 돌아왔다. 그
럼에도 도키코는 하나오카로 발길을 옮겼다. 마쓰카
와 사건 피고를 만나러 미야기宮城 구치소로 가서『진
실은 벽을 뚫고真実は壁を透して』의 발행을 위해 헌신하
는 등 지원활동을 위해 동분서주했다. "나는 작가가
아니라 발로 뛰는 활동가"라며 맹렬한 기세로 활동을
전개했다. 마쓰카와 투쟁에서 전원 무죄라는 승소 판
결을 받을 때까지 도키코는 14년간의 세월을 20명의
피고와 그 가족의 편에 서서 계속 투쟁했다. '마쓰카
와의 어머니'라고 불리며 평생 그들과의 교류를 이어
갔다. 탄압과 인권침해에 강한 분노로 맞선 정력적인
지원활동을 그 후의 '시라토리白鳥 사건'과 메이데이
사건에서도 전개했다.

　다사다난한 50년대였다. 하지만 그 상황에서 도키
코는 이전부터 어슴푸레하게 구상하고 있던 소설의
모티브 작업에 착수했다. 아키타 아라카와 광산의 가
난한 생활 속에서 도키코를 자상하게 길러준 어머니
와 노무자 합숙소의 노변에서 어린 도키코를 귀여워

해준 광산노동자의 모습이 마음 깊은 곳에서 떠나지
않았다. 그런 생각이 하나오카 사건에 집중하는 상황
에서 더욱 의미를 지니고 재생되는 것이었다. 도키코
는 새로운 창작노트를 마련해 마음에 떠오르는 내용
을 메모하기 시작했다.

전쟁 후의 재발견

▲ 1살 6개월 무렵의 장녀와 함께. 오른쪽은 전쟁 때 화재로 집을 잃어서 동거하던 여성

▲ 1946년 5월 전쟁 후 처음으로 맞이한 메이데이가 황거 앞 광장에서 열렸다.

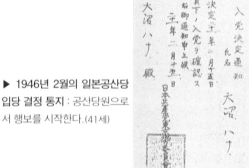

▶ 1946년 2월의 일본공산당 입당 결정 통지 : 공산당원으로서 행보를 시작한다.(41세)

◀ 아카마쓰 도시코(赤松俊子)의 그림 : 「마쓰다 도키코의 상」(1946.7.24)

「푸른 가지わかい枝」

원고에 '게이엔芸苑 5월호'라는 고무도장이 찍혀 있다. 1946년 이 잡지에 게재된 것으로 추측된다.

패전 직후의 활동가 일가의 재발견을 그린 작품으로, 마쓰다 도키코 자신의 가정, 남편과 아들 둘을 모델로 삼은 유일한 소설.

"직접 전쟁 반대를 외치지 못한 채 40세에 접어든 부부를 표현해 냈다. 마쓰다 도키코가 이따금 전쟁에 대해 만전을 기해 투쟁하지 못했던 뉘우침"이라고 말하던 내용이 작품으로 그려졌다.

(자선집 제7권 수록)

▲ 1946년 5월 식량 메이데이 : '식량위기돌파 국민대회'가 인민광장(황거 앞 광장)에서 열렸다. 전쟁 후 심각한 식량 위기가 찾아왔다.

新民法と男女平等論

松田解子

憲法草案と婦人

松田解子

▲ 「신민법과 남녀평등론」(『조류潮流』, 1946년 11월호)　　▲ 「헌법초안과 부인」(『사회평론』, 1946년 5월호)

전후의 평론활동

전후 사회의 새로운 출발에 즈음해 마쓰다 도키코는 헌법 문제, 부인의 지위 향상, 소비조합의 필요성 등 민주주의 사회의 건설을 목표로 다채로운 평론활동을 전개했다.

1949년 9월에는 국제민주부인연맹의 요청에 응해 부인단체 각계의 의견을 모아 일본의 부인이 처한 현상을 알렸다. 그리고 도쿄 국제부인데이(15,000명이 운집)에서 세계의 민주적 부인단체에 보내는 메시지가 채택되었음을 보고했다.

◀ 1946년의 나카노 식량 메이데이에서 구시다 후키(사진 앞)를 만났다.

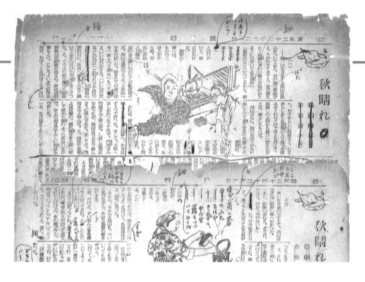

「쾌청한 가을 날씨」

전후 직후인 1945년 12월 도쿄의 지방지 『민포』 창간호부터 1개월간 연재. 『민포』는 "민주주의의 실현과 '민주혁명'의 실현을 목표로 삼은 정치평론신문으로…… GHQ가 일본의 여론을 파악하는 데 중요시한" 혁신적인 미디어였다.

전쟁에서 해방된 사내들이 소비조합(생협) 결성을 통해 지역의 민주화에 착수하는 상황, 그리고 그들과 전쟁 전 천황제 지배기구의 말단에 소속하고 있던 마을 회장들의 불화를 그렸다. 전후 발표된 최초의 소설로, 2008년 『자선집』 편집 중 서재에서 발견되었다. (자선집 제7권 수록)

패전 다음해에 만나

우에다 고이치로 上田耕一郎
전 참의원 의원

저는 마쓰다 씨와 57년간 교류해왔습니다. 패전 다음해였으니까 저는 20세, 마쓰다 씨는 42세 때 뵈었습니다. ……

제1고등학교에서 당세포를 조직해 거주지를 옮기게 되었습니다.……패전의 해인 1945년 5월 25일이었죠. 나카노의 에코다와 이케부쿠로池袋는 불에 탔습니다. 부근의 노가타野方는 불에 타지는 않았지만 결핵을 앓던 제 누나가 공습으로 밤에 목숨을 잃었죠. 그날부터 저는 요코스카橫須賀에서 시나가와品川까지 간 뒤 항상 걸어서 자택까지 돌아간 기억이 있습니다. 마쓰다 씨도 다카다노바바高田馬場역에서 위험한 경우에 처한 날이 있었습니다.

『내일을 품은 여자들あすを孕むおんなたち』은 세포를 결성하는 얘기로 막을 내립니다. 저는 막 조성된 에코다·이케부쿠로 세포조직을 찾아간 적이 있죠.

(…중략…) 당시에는 식량난으로 매일 먹을 것이 궁해서 마쓰다 씨가 고토 만後藤マン 씨(당시 의사, 후에 일본공산당 도의회 의원)에게 가서 중의원 참의원 양원의 의장 앞으로 진정서를 써달라고 했습니다. 또한 에코다에서 많은 사람이 굶고 있으니 배급을 하라는 요청서를 써달라고 부탁했습니다. 교장부터 마을 회장, 그리고 유력자 300~400명에게서 서명을 받아 마쓰다 씨가 구의회에 제출하자 그게 농림성을 거쳐 당시의 내부정무차관 세코 히로시게世耕弘一의 귀에까지 들어갔어요. 마쓰다 도키코의 결의를 인정한 그는 "알겠소. 어떻게든 해봅시다"라고 했습니다. 또한 일본 전국의 리스트를 조사하라면서 지바千葉현 사쿠라佐倉시를 방문하라고 말했죠. ……도키코는 의민 사쿠라 소고로佐倉惣五郎(에도 시대 전기에 의민으로 알려진 인물 - 역자)를 칭찬하며 그 사쿠라의 의협심으로 에코다 주민을 곤경에서 구해달라고 호소했습니다. 사쿠라시의 시장은 "알겠습니다. 가능한 한 협조하겠습니다" 하고 일어서서 움막에 숨겨둔 감자를 퍼내며 주민에게도 도와달라고 호소했습니다. 이윽고 트럭에 감자를 싣고 돌아온 도키코를 고토 만은 저울과 주판을 손에 들고 히카와氷川 신사의 정원에서 맞이했습니다. 도키코는 일행인 쓰카하라塚原와 함께 트럭에서 내렸습니다. 개선장군 같았다고 합니다. ……

당시 우리는 마쓰다 도키코 씨를 굉장한 활동가인 아주머니 정도로 생각하며 매우 존경하고 있었지만 작가라고는 그다지 생각하지 않았죠. 그 마쓰다 도키코 씨가 문학으로 크게 꽃을 피웠습니다.

(2004년 4월 '마쓰다 도키코 씨의 백수를 축하하는 모임' 축사에서 - 회보 9호)

▲ 도의회 의원 후보 고토 만(왼쪽). 마쓰다 도키코도 응원하러 참가(198

◀ 1947년 1월 31일 2·1파업 중지를 전달하는 이이 야시로(伊井弥四郎) 공투회의 의장 : 관공서 노동자를 중심으로 생활 위기 돌파를 요구하기 위해 계획된 총파업에 대해 미국점령군이 금지명령을 내리고 중지하라며 라디오방송을 강요했다. 이이 의장은 방송에서 "1보 퇴진, 2보 전진"이라며 노동자를 격려했다. 같은 해 12월 이이는 점령군정 명령위반 용의로 체포, 투옥된다. 마쓰다 도키코는 이이의 가족, 유지와 함께 석방운동에 착수했다.(42세)

▲ 「尾(꼬리)」: 1948년 『신일본문학』 6월호에 발표. 전후의 민주주의를 지향하는 주인공이 자신이 군국주의 국가에 영합한 과거와 어떻게 결별할 것인가를 주제로 그렸다.(43세)

▲ 「9월 14일의 밤」: 『자유평론』 1947년 1월호에 발표. 전후 급속히 발전한 노동조합운동에 위기감을 느낀 자본가 측이 해고 합리화 정책을 강화하는 상황에서 국철은 9월 15일에 파업을 계획, 이윽고 1947년 2월의 총파업으로 발전한다. 파업이 이루어지지 않았지만 작품은 이 국철 총파업을 기대하는 입장에서 그려졌다.

에구치 간

도쿠나가 스나오

쓰보이 사카에

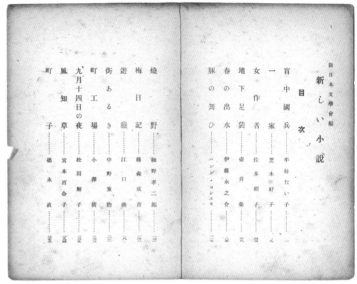

▲▶ 『창작집 새로운 소설』(신일본문학회 편)에 「9월 14일의 밤」을 수록. 그 외에 미야모토 유리코 「풍지초(風知草)」, 쓰보이 사카에 「지카타비(地下足袋)」, 에구치 간 「유렵(遊獵)」, 도쿠나가 스나오 「마치코(町子)」 등이 실렸다.

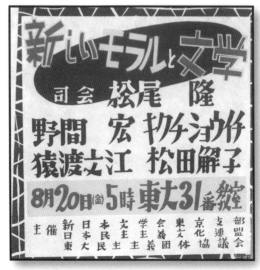

◀ 1948년 신일본문학회 도쿄집회 포스터 : 장남 데 쓰로가 민주주의학생동맹 사무국장을 맡고 있었다.

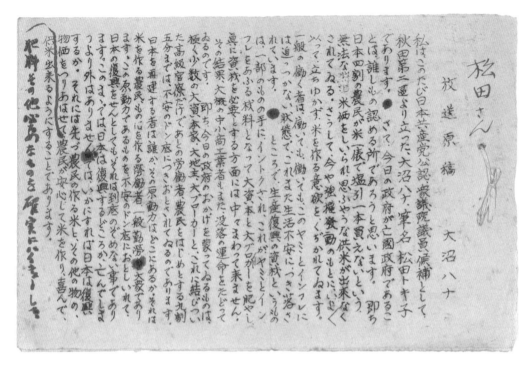

▲ 1947년 4월 아키타현 지사 선거에서 스즈키 교시를 응원했으며 이어서 실시된 23회 총선거에 자신도 일본공산당 공인 '오누마 하나'라는 본명을 사용해 아키타 2구에서 입후보했다. 사진은 그때 정견방송의 초안. 그 지난해 전후 최초의 총선거 (제국헌법하 최후의 총선거)와 1949년의 총선거 때에도 응원하러 아키타에 달려갔다. 도키코의 전후 패기가 느껴진다.

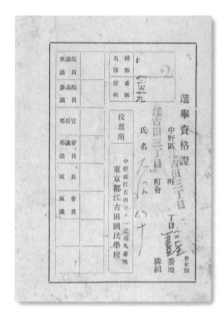

▲ 아키타에서 입후보를 했기 때문에 거주지에서 투표할 수 없어서 보존하고 있던 선거자격증: 일본여성이 최초로 국회의원 선거 자격을 행사했을 때의 투표소 입장권

▲ 「이다 아저씨(井田のおじさん)」: 『소년소녀의 광장』 1948년 5월호에 발표. 어머니와 아들 두 사람이 지내는 집에 전지에서 돌아온 이다라는 사내가 찾아와 겨우 발견한 공장 부근에서 살고 싶다며 집을 빌려달라고 한다. 패전 후의 세상을 초등학생 신이치(真一)의 시점에서 그렸다.

▲ 1949년 7월 15일 도쿄 미타카역 구내에서 무인열차가 폭주해 탈선 전복, 6명이 사망하고 20명이 부상당하는 참사가 발생했다. 국철노동조합원 10명이 체포, 기소되었고 그 후 9명은 무죄선고를 받았다. 하지만 다케우치 게스케(竹內景助)는 단독범으로 사형선고를 받았다. 점령하에서 일어난 모략 사건의 하나였다. 마쓰다 도키코는 무죄를 호소하는 다케우치 게스케의 지원 활동에 착수했다. 사진은 1949년 여름에 열린 나카노구 노가타(野方)후생회관에서의 시모야마·미타카 사건 진상토론회(44세)

▶ 미타카 사건 르포 「눈썹」(『일하는 부인』 1949년 12월호에 발표) : 작품의 도입부에 위 사진의 집회 장면이 그려져 있다.

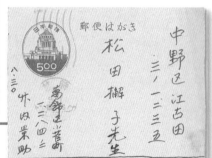

「**옥중의 미타카 사건 피고**」 다케우치 게스케의 엽서(1953)

"극진한 격려 편지 고맙습니다. 매우 건강하며 무죄의 사실을 계속 호소하고 있으니까 안심하세요. (…중략…) 날조된 조서 앞에서도 협조적으로 수습할 수밖에 없다고 생각해왔는데 엉터리 같은 정략적 판결입니다. 이제 죽어도 타협하지 않고 싸우겠습니다. (…후략…)"

계속 무죄를 호소한 다케우치는 1967년 옥사.

▲ 1949년 8월 17일 미명 도호쿠(東北)본선 가나야가와(金谷川)~마쓰카와역 사이에서 전복한 상행열차. 승무원 3명이 사망하고 국철노동자와 도시바(東芝) 노동자 20명이 범인으로 몰렸다.

▲ 문학자의 대표로서 인사(48세)

▲ 1953년 11월 4일 '마쓰카와 사건 공정판결요청 전국대회'(센다이시 체육관): "무죄인 마쓰카와 사건 피고를 사형에서 구제하라, 로젠버그 부부의 비극을 반복하지 말라"는 내용을 중심으로 슬로건을 내세웠다.

『진실은 벽을 뚫고』

마쓰카와 사건 옥중 피고 20명에 대한 무죄의 호소와 함께 지원하는 문화인 89명의 목소리를 담아 1951년 12월 게쓰요月曜서방에서 간행했다(1952년 3월, 증보개정판. 2009년에 복각판).

우노 고지宇野浩二, 히로쓰 가즈오広津和郎가 이를 읽고 지원에 나서 히로쓰는 4년 반에 걸친 2심 판결 비판 내용을 연재하는 등 지원활동이 전국적으로 확대, 무죄를 쟁취하는 계기가 되었다.

마쓰다 도키코는 1951년 10월, 미야기형무소 옥중의 피고 19명을 면회해 이 문집을 작성할 필요성에 대해 설득했다. 피고의 글만을 수록한 아오키青木문고판이 1953년 11월에 발행되었다.

▲▶ 1958년 7월 마쓰카와 사건 현지답사(53세)

▲ 1959년 마쓰카와 대행진 : 도쿄 · 요쓰야(四谷)에서(54세)

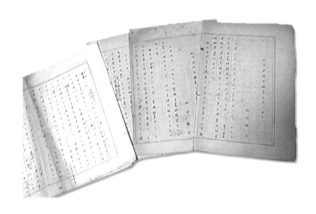

◀「마쓰카와 사건 피고와 가족을 방문하여」를 『인민문학』 1951년 12월호에 발표하기 위해 13회나 다시 쓴 원고

『되찾은 눈동자』 마쓰카와의 가족들

마쓰카와 사건 피고가족의 기록. 사건발생에서부터 1심판결까지 (제1부)를 마쓰다 도키코, 2심판결 이후(제2부)를 나카노 가즈에中野和枝 가 집필했다. 특히 사건 당시에 관한 자료가 없어서 마쓰다 도키코는 테이프를 가지고 피해 가족의 집에 기거하며 전 가족과의 대화를 반복했다. 분노와 슬픔의 나날을 보내면서 르포르타주를 완성시켰다.

편집위원은 그 외에 히로쓰 가즈오, 쓰보이 사카에, 사타 이네코, 이케다 미치코池田みち子.

센다이고등재판소에 환송하라는 최고재판소 판결(1959.8.10)이 나오기 5일 전에 간행되었다.

(자선집 제8권 수록)

마쓰카와의 투쟁과 마쓰다 도키코 씨

오쓰카 가즈오大塚一男
마쓰카와 사건 주임변호사

구원운동 모임에서는 옥중 피고의 생각과 호소를 각각 글로 써서 그것을 정리하였습니다. 이해하며 동조해준 문화인 및 그 외의 사람들이 쓴 글도 받아서 마쓰카와문집을 제작하려는 계획이 1951년에 진행되었습니다. 그리고 구원회는 마쓰카와 사건 피고에 대한 면회를 마쓰다 도키코 씨에게 부탁했죠. 그리하여 10월에는 몸이 약한 어린 장녀를 데리고 센다이에 면회하러 갔습니다. 하루에 19명을 면회했어요. 대단한 열정이었습니다.

또한 더욱 놀란 것은, 그날 저녁 늦게 후쿠시마福島에 도착해 니노미야 유타카二宮豊라는 피고의 집(이곳은 실은 1심 때 가장 오래 오카바야시岡林·오쓰카 변호사가 신세진 집인데)에 후쿠시마 부근의 가족이 모이자 또 거기에서도 마쓰다 씨가 면회하고 온 상황을 얘기하기도 했기 때문입니다. 그리고 다음날 아침 이번에는 버스로 마쓰카와로 가서 마쓰카와의 가족을 방문하고…… 얘기한 뒤 돌아갔습니다. 이리하여 12월 5일에 『진실은 벽을 뚫고』라는 책자가 완성되었죠.

사회 각 방면에 책자가 발송되었습니다. 히로쓰카

가즈오 씨나 우노 고지 씨에게도 보내졌죠. 히로쓰카 씨는 책자를 받아 제1부의 피고 제군이 호소하는 내용을 읽고 "이건 지독해, 대단한 날조야. 이 호소에 거짓은 없어"라는 인식을 새롭게 다졌습니다. ……이러한 히로쓰카 씨가 전후의 다이라平 사건, 시모야마 사건, 미타카 사건, 마쓰카와 사건 등을 접한 뒤, 좌익은 왜 그러는 거야라는 생각을 했다고 합니다. 그런 상황에 『진실은 벽을 뚫고』가 도착해 인식을 새롭게 했다고 하니까 점령하의 보도라는 것이 역시 매우 집요해서 대단하던 히로쓰카 씨도 거기에 속은 겁니다. (…중략…)

마쓰다 씨가 매우 무리하면서 센다이로 가서 모든 피고를 만나고…… 그것이 결국 그 후의 마쓰카와 운동을 비약적으로 고양시키는 데 큰 역할을 수행했음은 사실입니다. (2008년 10월 '제5회 마쓰다 도키코를 얘기하는 모임(마쓰다 도키코를 증언한다会)'의 강연발췌, 회보 10호)

▲ 마쓰카와 사건 무죄요구 집회에서 발언하는 마쓰다 도키코(1959)

▲ 센다이 고등재판소 환송판결(1961.8.8)을 앞둔 포스터

'얘기하는 모임'에서의 발언에서

혼다 노보루本田昇

마쓰카와 사건 전 피고

전 피고 혼다입니다.

방금 전 오쓰카 선생님이 얘기하신 그 『진실은 벽을 뚫고』를 제작할 때 마쓰다 선생님이 아이를 업고 미야기의 구치소에 오신 일, 그것을 잘 기억하고 있습니다.

콘크리트의 높은 담 아래에 구치소로 출입하는 네모난 붉은 녹슨 문이 있습니다. 우리 감방은 독방이 한쪽으로 25개 늘어선 사형수의 옥사였죠. 그 창은 안에서도 밖에서도 보지 못하도록 손이 닿지 않는 곳에 눈가림 판자가 설치돼 있었습니다. 하지만 눈가림 판자의 사이로 문을 출입하는 사람이 가늘게 보였습니다.

그때 마쓰다 선생님은 19명의 피고들을 만나 문집의 수기 기고문을 부탁하고 귀가하셨죠. 옥중에 있던 우리는 특히 저는 어머니를 생각나게 하는 분위기를 지닌 선생님을 보고, 선생님이 제한된 시간에 19명을 만나 용건을 마쳐야 하는 노고 따위는 생각하지 않았어요. 조금이라도 오랜 시간 얘기하고 싶다는 마음으로 면회한 기억이 남아 있습니다. 지금 생각하면 곤혹스런 얘기죠.

가실 때에는 선생님도 눈가림 판자 안쪽의 감방에서 모두가 보고 있다는 것을 알아차리고 이런 식으로 손을 흔들었습니다. 이쪽에선 눈가림 판자 때문에 선생님에게는 보이지 않으니까 감방에 있던 먼지떨이를 꺼낸 뒤 변기통을 디딤돌로 삼아 쇠창살 사이로 손을 쭉 뻗었죠. 그리고 이렇게 눈가림 판자 아래로 보이도록 먼지떨이를 흔들었습니다. "선생님 고맙습니다." 주변을 의식하지 않고 큰 소리로 외친 것을 지금도 기억하고 있습니다.

높은 콘크리트 아래의 붉은 녹슨 문이 열려서 밖으로 나갈 날이 언제 올까요? 그것을 항상 기대하면서 옥중에 10년 있었습니다.

▲ 중앙은 마쓰카와 사건 피고 다케다 히사시(武田久)의 모친 다케다 시모(シモ). 마쓰다의 자택은 피고 가족이 소송을 위해 상경해 장기간 체류하는 숙소였다.(1961)

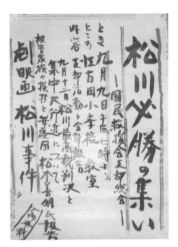

▲ 최고재판소는 검찰 측의 재상고를 기각하고 피고 전원의 무죄를 확정 (1963.9.12) : 고향의 초등학교에서 개최한 모임 안내

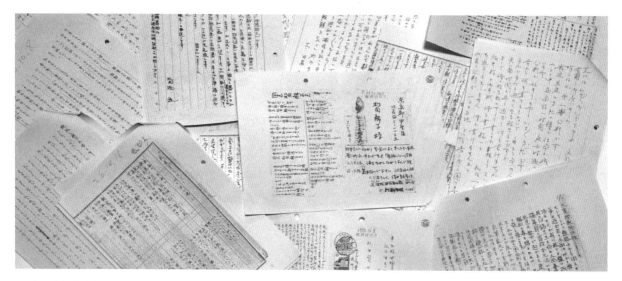

▲ 마쓰카와 사건의 피고는 무죄를 주장하는 대량의 서간을 옥중에서도 출옥해서도 발신했다. 무죄 확정 후 후쿠시마대학 마쓰카와 자료실과 호세이(法政)대학 오하라(大原) 사회문제연구소는 약 15,800통의 서간을 확보해 보존했다. 2009년 마쓰카와 자료실이 특별기획 '마쓰카와 사건과 문화인'의 준비를 위해 분류한 바에 따르면 해당하는 것은 200여 통이었고 그중 약 100통이 마쓰다 도키코 앞으로 온 것이었다. 사진은 1951년 10월 8일 센다이 구치소에서 피고 전원과 면회한 뒤 피고들이 마쓰다 도키코 앞으로 보내온 서간의 일부. 이를 포함 약 140통이 확인되었다.

◀ 마쓰카와 사건 50주기 기념집회에 참가. 1999년 8월 마쓰카와기념탑 앞에 선 전 피고들.

▲ 원고의 도입부 부분

「사는 것과 쓰는 것」

12월 22일(작년)의 마쓰카와 항소판결 뒤, 나는 매일 한밤중에 잠에서 깼다. 그 판결 당시의 스즈키 데지로鈴木禎次郎 재판장과 다카하시高橋 판사의 얼굴이랑 피고의 모습이 떠올랐다. 아무튼 마쓰카와와 관계되는 여러 장면이 나의 뇌리를 가득 채웠다. 거기에 가위눌리고 있다고 나는 생각했다. ……

완전히 무죄인 노동자가 무죄임에도(원심, 항소심 합해서 200회 이상의 공판과 현장검증을 통해 명백해진 전원 무죄의 사실을) 무참히 그 사실이 짓밟혀 4명이 사형, 2명이 무기, 나머지 11명이 합계 104년 6개월이라는 형을 받았다. 이 사실에 나는 가위눌렸던 것이다.(1953년 2심 판결 후)

▲ 1952년 5월 1일 제23회 메이데이의 데모대가 황거 앞 광장에서 경찰대에게 습격을 당했다. 2명이 사망, 약 1,500명이 중경상을 입었고 1,232명이 체포되었으며 후에 250여 명이 기소의 대상이 되었다. 마쓰다 도키코는 메이데이 사건의 공판에 참가해 구원활동을 펼쳤다.

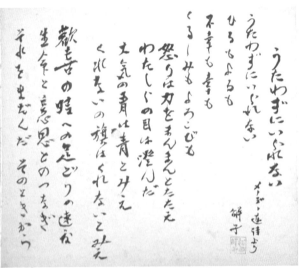

▲ 메이데이 연시(連詩)

▲ **여느 때와 같이 폐품 회수** : 리어카 옆에 "마쓰카와의 상고를 인정 말라, 시라토리(白鳥) 사건의 무라카미 구니지(村上国治) 씨를 구하자, 가지(鹿地) 사건, 오우메(青梅) 사건, 아케보노 사건, 메이데이 사건, 미타카 사건의 모든 피고와 가족을 구하라"라고 쓰인 종이 널빤지가 있다. '국민구원회'라고 쓴 세로 현수막을 세우고 거리를 돌아다녔다.

▲ 1958년 1월 도쿄지방재판소의 메이데이 사건 공판에 참석해 이미 옥외활동 중이던 마쓰카와 사건 피고 기쿠치 다케(菊地武)와 함께

◀▲ 1959년의 연말 구원회의 봉사활동으로 리어카를 끌며 지역에서 폐품 회수. 세로 현수막에 "무죄인 사람을 구하기 위해 연말 봉사를 부탁합니다"라고 쓰여 있다.

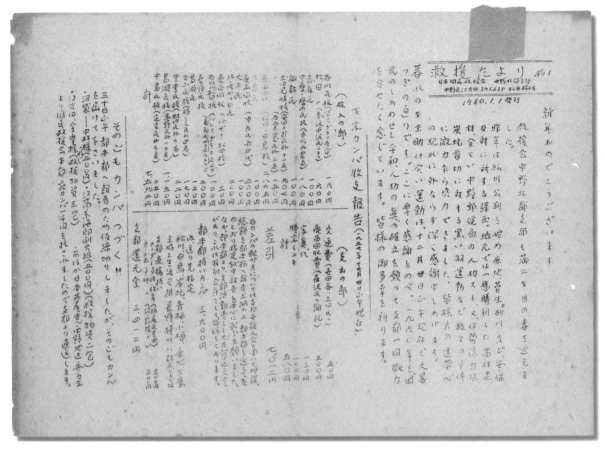

▲ 국민구원회 나카노 북부지부의 「구원 소식 No 1」: 등사판으로 인쇄했다. 연락처도 마쓰다 도키코 앞으로 되어 있다.

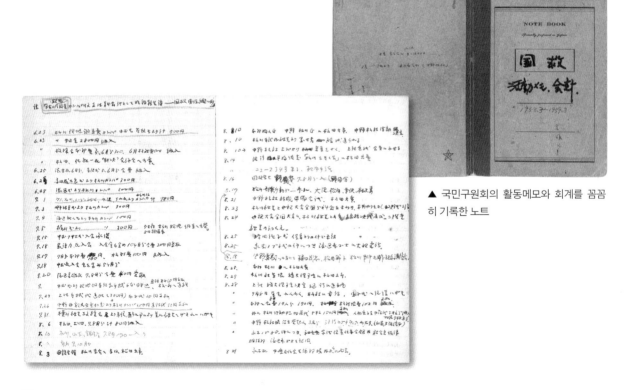

▲ 국민구원회의 활동메모와 회계를 꼼꼼
히 기록한 노트

일본의 구원운동과 마쓰다 도키코 씨

야마다 젠지로山田善二郎
국민구원회 중앙본부 전 회장

저는 캐논 가족이 요코하마橫浜에 살고 있었을 때 그의 집에서 요리를 하고 있었습니다.

한국전쟁이 한창이었습니다. 캐논 기관이 가지 와타루鹿地亘 씨를 납치했습니다. 가지 와타루 씨는 일본의 중국 침략전쟁이 확대될 때 상해에 있었죠. 일본의 침략전쟁에 반대하는 성명을 발표했으며 중경으로 망명……혁신적인 귀모뤄郭沫若 등의 문화인, 그리고 중국공산당이나 국민당의 간부와도 관계를 맺으며 친하게 지내고 있었죠.

캐논 기관은 그 가지 씨를 미국 극동의 스파이망 속에 한패로 엮으려고 하는 속셈으로 노렸습니다.

……일찍이 가지 씨와 저를 격려해주며 구원의 손을 내민 단체가 일본국민구원회였습니다.……

그때 마쓰다 도키코 씨는 나카노에서 구원회활동을 하고 있었으며 가지 씨와 야마다 세자부로 씨, 그리고 저를 불러 좌담회를 열어주었어요. ……마쓰다 씨는 마쓰카와를 비롯해 많은 탄압 사건과 억울한 누명을 쓴 희생자 구원에 헌신적인 활동을 하면서 1958년 국민구원회 나카노 북부지부를 결성했습니다.

……국민구원회의 지부는 현재 전국 440개 이상이며 각 지역에서 활동하고 있죠. 17명의 지역인들로 결성된 나카노 북부지부는 그 스타트였던 겁니다.

지금 아베정권은 해석개헌과 동시에 명문개헌의 강행을 기도하고 있습니다. ……일본국 헌법에 있는 많은 인권보장규정……치안유지법 등으로 탄압을 받은 다수의 선배들이 피를 흘리며 목숨을 걸고 투쟁한 그 귀중한 유산이 헌법으로 결실을 이루었다고 생각합니다. 마쓰다 도키코는 존경해야 할 그런 선배 중 한 사람이죠.

마쓰다 씨는 남편인 오누마 와타루 씨와 함께 여러 번 탄압을 받은 분입니다. 고바야시 다키지가 학살되었을 때 마쓰다 씨는 스기나미구 마바시의 다키지 집으로 달려왔습니다. 그런데 잠복해 있던 특별고등경찰에게 체포되었고 등에 업고 있던 젖먹이 아이였던 차남과 함께 스기나미 경찰서에 수감되었어요.

마쓰다 씨가 마쓰카와, 미타카 등 많은 탄압 사건의 희생자와 가족을 위해 정성껏 힘을 기울인 것은 자신이 탄압을 체험했으므로 희생자와 가족의 심정에 강한 동정심을 갖고 있었기 때문이 아닐까요?

(2013년 9월 '제10회 마쓰다 도키코를 얘기하는 모임' 강연 발췌 회보 19호)

가지 와타루

하나오카 사건에 착수

태평양전쟁 말기 일본에 강제 연행된 중국인은 약 4만 명. 그중에서 아키타현의 가시마구미鹿島組 하나오카에는 986명이 배치되었는데 가혹한 노동과 학대, 그리고 1945년 6월 30일의 일제봉기에 대한 진압과 고문으로 전부 419명이 학살당했다.

◀ 1950년 처음으로 중국인대량 학살을 접하고 10월 김일수(金―秀, 가장 왼쪽) 및 중국인 학생과 함께 현지에서 피해자 유골을 수습했다.

▶ '중국인 희생자(화인사몰자華人死歿者) 추선(追善) 고난탑(苦難塔)' 앞에서 김일수와 함께

◀ 1953년(48세) 7월 하나오카 사건 피해자 유골의 제1차 송환을 위해 중국으로 향했다. 귀국 후 『아카하타』(8월 6일~)에 르포 「유골을 보내며(遺骨を送って)」를 연재. 삽화는 구로시오마루(黒潮丸)의 선내에서 그린 자화상

▲ **유골을 새로 발견하여 현지 조사** : 1961년 5월 '나나쓰다테(七ツ館) 조혼비' 앞에서. '중국인포로순난자 위령실행위원회'로부터 하나오카 사건 희생자의 유골이 새로 발견되었다는 소식을 듣고 조사단 단장으로서 유골 수습을 진행했다.(56세)

『땅밑의 사람들地底の人々』

전쟁 중 고향의 광산에서 발생한 국가적 비행 — 하나오카 사건.

마쓰다 도키코는 이 참극의 조사, 유골송환 사업뿐만 아니라 침략전쟁에 대한 사죄의 표현으로 사건의 소설화에 도전했다. 『땅밑의 사람들』은 사건의 전체상을 그린 유일한 소설.

『인민문학』에 1951년부터 연재한 1, 2장에다가 3~5장을 새로 써서 1953년 3월 세계문화사에서 초판을 발행했다. 다음해 상해의 이토사泥土社에서 중국어역 『地底下的人們』을 발행. 중일국교 회복이 이루어진 1972년에는 개정판을 민슈샤民衆社에서 간행. 2011년에는 김정훈이 한국어로 번역하여 한국에서 출판했다.

중국어판

세계문화사판

한글판

개정판(민슈샤)

▼◀ 하나오카초(町) 신쇼지
(信正寺)의 '중국인 희생자
추선고난탑' 앞에서의 조사.

▼◀ 발굴된 유골

▲ 1966년 5월 22일 '일중부재전(日中不再戰) 우호비'의 제막식에서 헌시를 낭독(61세) : 이후 위령제가 매년 거행되고 있다.

▲ 위령제에 참가(1985.6)

「骨」

松田解子

カット・山崎外郷

▶ 「뼈」: 새로운 유골 발견을 소재로 쓴 소설을 『문화평론』(1962년 6월호)에 발표

▲ 중앙은 '하나오카의 땅·일중부재전 우호비를 지키는 모임'의 오쿠야마 쇼고(奧山昭午), 그 오른쪽은 고바야시 아마네(小林周)

◀ 1997년 92세 때 '비(卑)'를 방문한 마쓰다 도키코(사토 마모루佐藤守 촬영)

마쓰다 도키코를 증언한다

하나오카 사건과 마쓰다 도키코 씨

도가시 야스오富樫康雄
'하나오카의 땅·일중부재전우호비를 지키는 모임'의 사무국장

1953년도는 마쓰다 도키코 씨에게 중요한 해였습니다.

2월에 '중국인포로순난자 위령실행위원회' 결성에 참가했습니다. 3월에는 세계문화사에서 『땅밑의 사람들』을 출판했습니다.

또한 유골을 발굴하면서도 '어떻게 유골을 송환할까'라는 문제로 분주했습니다. 당시 일본 정부는 중국을 적대시하고 있었으므로 어설프게 대응해서는 송환할 수 없었습니다. 7월 2일 마쓰다 씨는 여러 방해를 뚫고 제1차 유골송환의 일원으로 참가해 고베神戸에서 구로시오마루로 출항했습니다. 마쓰다 씨는 노고를 아끼지 않았습니다.

유골을 송환할 때의 구로시오마루는 하치조八丈섬을 왕래하는 화물선으로, 사람을 태우는 배가 아니었다고 합니다. 하지만 이 배로 드디어 송환할 수 있게 되었습니다. 그런데 귀국 후의 보고회가 굉장했습니다. 아키타현내 8개 지역을 구석구석 돌았습니다.

하나오카 사건의 전체상이 아키타현내에서도 사람들에게 알려지게 되었습니다.

(2012년 9월 '제9회 마쓰다 도키코를 얘기하는 모임' 강연 발췌. 회보17호)

남편의 결핵 발병

▲ 1956년 봄 "건강보험 개악은 안 된다"라는 플래카드를 들고 거리로 나가 데모 행진

▲ 「결핵과 싸우는 사람들」: 『신여성』 1950년 11월호에 발표 발행처인 신여
성사에 마쓰다 도키코도 한때 근무한 적이 있다.

▲ 국립 나카노요양소에 요양 중인 남편과 함께. 오누마 와타루
는 폐결핵 수술(1950) 후 8여 년 동안 입원과 퇴원을 반복했다.

▲ 1957년 요양소의 환자들과 함께. 사진 뒤에 "국립 나카노요양소 환자자치회의 국회청원대, 국회뒷골목"이라고 쓰여 있다. 왼쪽에서 두 번째가 마쓰다 도키코, 2열의 중앙이 오누마 와타루

▲ 오랜만의 단란한 한때(1958년경)

60년 안보로부터
'오린おりん 3부작'으로

고향과 아라카와 광산을 무대로 어머니 스에를 모델로 삼아 '오린'의 성장을 그린 작품 『오린 구전』

1960년~1977년 55~72세

미일안전보장조약 개정 반대의 국민적 운동이 고양되는 분위기에서 1960년의 해가 열렸다. 수상 기시 노부스케岸信介는 1월에 방미, 신안보의 지위협정에 조인했다. 대미 종속 하에서 전쟁에 말려들 위험이 높아진 것이었다. 안보반대 통일행동의 데모는 나날이 확대되어 50대 중반이 되는 도키코도 집회나 데모에 적극적으로 참가하며 몇 편의 시를 썼다. 반대 서명의 도장과 조인의 인감을 패러디해서 쓴 「살리는 도장, 죽이는 도장」(『아카하타』)이나 통일행동을 묘사한 「열列」 등을 중국에서도 역자가 번역해 『인민일보』에 게재했다.

도키코는 이 안보투쟁을 10년 후인 1970년에 「용담색의 불꽃노래リンドーいろの焔の歌」를 비롯한 연작 4작품에서 지역 여성들의 행동을 중심으로 그렸다. 주인공 다기 히로田木ひろ에게는 도키코 자신의 생활과 행동을 반영시켰다. 결핵을 앓지만 목숨을 건져 자택에 머무르는 남편, 중학생 딸과 가정을 꾸리면서 지역 공산당 활동을 기반으로 우체국 임시고용 젊은이 해고반대 활동을 펼쳤다. 국민구원회의 활동, 마쓰카와 재판투쟁, 그리고 안보반대 통일행동의 구호반 참가 등 이 시기에 정력적인 움직임을 보였다.

한편 도키코는 7월부터 8월에 걸쳐 약 40일간 중국을 여행했다. 중화인민공화국이 성립한 뒤 11년째. 하나오카 사건 희생자의 제1차 유골송환 때 부인 대표로 방문한 7년 후였다. 중국인민구제총회의 초대로 일본국민구원회의 방중단 일원으로서 참가했다. 홍콩, 광동, 북경, 대련, 상해 등을 순방하며 새로운 중국

을 견문할 수 있었다.

다음해 1월에는 시라토리 사건의 현지조사 일행과 함께 삿포로를 방문했다. 오도오리大通 구치소의 무라카미 구니지村上国治를 위문한 뒤 곧바로 아바시리網走와 오비히로帯広의 형무소를 방문해 다른 건으로 복역 중인 무죄의 피고를 면회하며 격려했다. 그리고 오타루小樽로 건너가 다키지의 어머니 세키를 방문해 서로 얘기를 나눴다.

그런데 안보투쟁이 더욱 격렬해진 4월 오다테시의 중국인포로순난자 위령실행위원회로부터 전화를 받는다. 보고를 듣고 도키코는 다시 하나오카 땅에서 유골이 발견된 사실을 알았다. 10년 전에는 발견되지 않았던 사람들일 것이었다. 강제연행을 한 국가도, 직접적인 가해자인 가시마건설(사건 당시 가시마구미)도 그대로 방치한 것에 분노를 느꼈다. 그냥 있을 수 없었다. 아키타의 일중우호협회, 아키타현민 문화회의, 공산당 의회의원들과 유골신발견 조사단을 결성, 도키코가 단장이 되었다. 다시 조사, 취재가 시작되었다. 도키코는 그 체험을 「뼈骨」라는 단편소설로 완성한다.

가시마구미와 발굴 작업에 관한 합의를 도출한 1963년 '괭이 한 자루 운동'의 부름에 응한 500명이 12상자의 유골을 발굴했다. 11월에는 도쿄로 옮겨 구단九段회관에서 중국인포로순난자 중앙위령제 및 중국홍십자회 대표단 환영회를 개최했다. 여기에서 도키코의 시 「중국인포로순난자 열사의 영령께」를 쓰키지築地 소극장 시절부터 명배우로 불리던 야마모토 야스에山本安英가 낭독했다. 제1차 유골송환 때 텐진즈

안보반대를 외치는 문학자들의 데모(『신초일본문학 앨범』: 노가미 야에코野上弥生子)

津에서 개최된 추도대회에서 2천 명에 이르는 사람들의 흐느끼는 소리를 도키코는 들었다. 침략전쟁의 죄과로 가슴이 쓰렸다. 그리고 전쟁 중의 자신을 돌아보고 부끄러움을 느꼈다. 몇 년이 지나도 잊을 수가 없다. 제9차의 유골송환에 즈음해 노예 노동과 민족적 굴욕에 항의하다가 학살당한 사람들에 대한 배상이 진정한 평화와 중일우호를 실현하는 방법이라고 마음에 새긴다.

이 무렵 문학운동 속에서 조직적인 문제가 일어나고 있었다. 신일본문학회 제11회 대회에서 도키코가 프롤레타리아문학의 시대부터 존경해온 에구치 간을 비롯한 당원 문학자 등이 룰 위반의 명목으로 제명 처분을 받는 사태가 벌어졌다. 그 저류에는 세계의

'핵'문제가 있었다. 소련이 지금까지의 방침을 바꿈으로써 지난해 미국과 영국이 부분적 핵실험 정지조약을 맺은 데 대한 시비를 둘러싸고 원자·수소폭탄 금지 운동과 각계의 민주운동에 파문이 확대되었다. 부분적 핵 정지는 대국의 신형 핵병기 개발을 위한 지하 핵실험을 정당화해 핵병기 전면금지의 소망에 반하는 것이었다. 하지만 소련의 지원을 받은 단체나 개인이 이러한 지지를 억눌러 혼란이 일어나고 있었다. 신일본문학회에서도 부분적 핵 실험 정지를 지지하지 않는 사람을 배제하는 것이었다. 도키코는 이 비민주적인 상황에 대한 항의를 담아 「감상」을 『문화평론』에 발표했다.

1965년 신일본문학회가 창립 당시의 민주주의 이

넘을 잃은 상태에서 새로운 문학조직을 결성하려는 목적으로 준비회가 열려 도키코도 참가했다. 8월에 일본민주주의문학동맹이 창립, 도키코는 간사로 선출되었다. 12월에는 기관지 『민주문학』이 창간되었다.

1966년 도키코는 10년에 걸쳐 완성한 장편소설 『오린 구전』을 『문화평론』 1·2월호에 연재했다. 어머니 스에를 모델로 삼아 메이지 자본주의 발전기의 광산노동자 생활 실태와 그 개혁을 지향하는 사람들을 밀도 있게 그린 작품은 곧바로 평판을 불러일으켰다. 도키코는 이 작품을 5월 신일본출판사에서 간행했다. 이어서 다음해 1월부터 『민주문학』에 『속 오린 구전』을 연재한다. 연재 중 작가 다무라 준코의 인세(기금)로 이루어진 제8회 다무라 준코상 수상이 결정되었다. 그리고 68년 4월 북가마쿠라鎌倉 도케이지東慶寺의 준코의 묘 앞에서 수여식이 진행되었다. 그 다음 달에는 도쿄예술좌에 등장한 〈오린 구전〉(각색 오가키 하지메大垣肇, 연출 무라야마 도모요시村山知義)이 요미우리홀을 시작으로 전국의 공연 무대에 올랐다. 가을에는 간사이関西예술좌에서도 상연되었다. 그리고 도키코는 69년에 정·속편의 『오린 구전』으로 제1회 다키지·유리코상을 받았다. 60대에 작가로서 크나큰 결실의 순간을 맞이한 것이다.

1970년에는 딸 후미코가 결혼해 출가했다. 그러자 외로워서 견딜 수 없었다. 1년 후 손자가 생긴 것을 알고 후미코 부부를 집으로 돌아오게 했다. 귀여운 사내애가 태어나자 더욱 의욕이 생겼다. 「오린 모자전母子傳」을 『민주문학』 1974년 3월호에 발표했다. 이어서

새로 써서 신일본출판사에서 간행했다. 1976년에는 「모모와레桃割れ의 타이피스트 – 속·오린 모자전」을 『문화평론』에 게재했으며 1977년에 간행했다. 어머니 시대에서 도키코 자신의 시대까지 거대 자본하에서 차별이나 빈곤과 고투하면서 변혁의 희망을 이루기 위해 사는 노동자·지식인, 그들과 함께 성장하는 모자 2대의 이야기 '오린 3부작'을 완결시킨 것이다.

▲ 지역에서도 젊은이들과 함께 데모행진(1965)

▶ 1960년 7월 2일 밤의 긴자(銀座) 데모 : 미일안보조약의 개정에 반대하는 사람들의 투쟁이 크게 확산되었다.

열　마쓰다 도키코 시집 『열(列)』

松田解子詩集 列

열은 나아간다
인민의 열 민족의 열
열은 강철의 무한궤도

대지가 울린다
천만 명이 선언한다
안보비준은 무효라고.

이 시 「열」을 포함해 마쓰다 도키코의 전쟁 중·전후의 시(1944~1961) 70여 편을 수록한 제2시집 『열』(1961년 5월 간행)은 일본공산당 에코다江古田 세포 마쓰다도키코 시집 『열』 간행위원회가 발행자로 되어 있다. 에코다에는 여러 문화인이 있었다. 때마침 안보투쟁의 열기 속에서 발행되었다.

▲ 1960년 7월 17일~8월 28일 중국인민구제총회의 초대로 일본국민구제회 제2차 방중단의 일원으로서 홍콩, 광동, 북경, 대련, 상해 등을 순방. 귀국 후인 9월 17일 안보반대투쟁을 지원하는 북경대집회의 기록영화 「5명의 딸(5人の娘)」 상영과 강연의 모임에서 강연했다(55세).

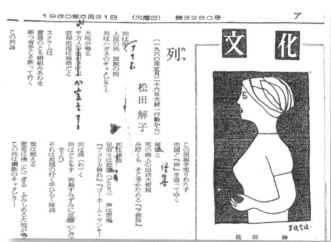

▲ 1960년 5월 26일의 대통일 행동에 기고한 시 「열」을 5월 31일 자 『아카하타』에 게재. 그 후 개정해서 마쓰다 도키코 시집 『열』에 수록했다.

◀ 1961년 3월의 집회 : 현수막에 "소아마비의 예방접종은 국가에서 무료 ……"라고 쓰인 글씨 – 이 날의 일기에 "소아마비 자연백신 건으로 의회와 후생성으로 가서 이시이(石井) 후생성 대신과 안도(安藤) 정무차관을 만났다. 홋카이도 대표 20명 외에 가정회 멤버, 일본 소련 등이 참가"라고 새겼다.

▲ 1960년경 전쟁 전 노동조합운동을 같이 한 사람들과

新婦人東京ニュース
No. 1　1962.12.20
東京都渋谷区千駄ヶ谷4の23　電話(401)6330
東京都本部情宣部

待望の東京結成大会
胸にだきる
同じ願いに結ばれて

(1) 1962.12.20　　　新婦人東京ニュース

▲ 1962년 10월 '신일본부인회' 결성 : 동년 12월 개최된 도쿄도 본부결성대회에 병으로 참가할 수 없었던 마쓰다 도키코가 보낸 시 「아름다운 날은(美しい日は)」은 『신부인 도쿄뉴스 No.1』(동년 12월 20일 자)에 게재되었다. 50년 후인 2012년 시에 공감한 신부인 서도쿄지부와 산타마(三多摩)의 그림편지 서클이 작품으로 표현했다.

▲ 서도쿄지부의 작품

시라토리白鳥 사건

1952년 1월 삿포로시경의 시라토리 경감이 귀가 중에 사살된 사건으로, 공산당 삿포로시위원회의 무라카미 구니지가 체포되었다. 구원 활동이 확산, 1961년 1월 20일부터 210명의 현지조사단이 꾸려져 삿포로 오도리구치소의 무라카미 피고를 면회하고 사건현장을 조사했다. 「눈 속의 진실雪のなかの真実」은 이때의 모습을 르포로 쓴 것이다.

무라카미 구니지(왼쪽 끝)의 『강주(綱走)옥중기』(일본청년출판사, 1970) 출판기념회

雪 の な か の 真 実

――白鳥事件現地調査から――

松 田 解 子

▲ 「눈 속의 진실」: 『신일본문학』 1961년 3월호에 발표

▲ 1965년 9월(58세) 베트남 침략과 한일조약 반대 대집회 : 8월 민주주의문학동맹이 창립되어 처음으로 동맹기를 세우고 데모에 참가. 오른쪽부터 이토 마코토(伊藤信), 쓰다 다카시(津田孝), 고토 아키라(後藤彰), 아베 요시오(あべよしお), 시모다 세이지(霜多正次), 니시노 다쓰키치(西野辰吉), 마쓰다 도키코, 나카모토 다카코(中本たか子), 스미 게이코(角圭子), 쓰루오카 유키오(鶴岡征雄)

▲ 1961년 아시아·아프리카 작가회의 집회. 중앙이 마쓰다 도키코

◀ 1961년 아시아·아프리카 작가회의 베트남 문화 대표 방일 리셉션

『오린 구전』 발표와 수상, 무대화

▲ 1966년 『문화평론』 1, 2월호에 『오린 구전』 연재(61세). 동년 5월 신일본출판사에서 간행(『속 오린 구전』 1968년 간행)

▲ 『오린 구전』으로 1967년 1월 제8회 다무라 준코상 수상(62세). 다음해 4월 수여식이 가마쿠라 도케이지 경내에서 열렸다. 오른쪽 끝은 유아사 요시코(湯浅芳子)

무라야마 도모요시(村山知義)

▲ 1968년 5월 〈오린 구전〉 무대화 : 도쿄 요미우리홀에서 상연(도쿄예술좌 제22회 공연, 오가키 하지메 각색, 무라야마 도모요시 연출)

▲ 1968년 베트남 일본우호협회 대표단 : 『오린 구전』 관극

▲ 오린을 연기한 도쿄예술좌 기요스 스미코(淸洲すみ子)

▲ 1969년 2월 『오린 구전』(정·속)이 제1회 다키지·
유리코상 수상(64세)

▶ 1966년 9월 15일 자 『신부인신문』 : 주부와 교
사들의 좌담회 『오린 구전』을 읽고'에 출석

각지에서 상연된 『오린 구전』의 포스터 · 팸플릿

▲ 도쿄예술좌 1968년 5월 초연 : 오가키 하지메 각색

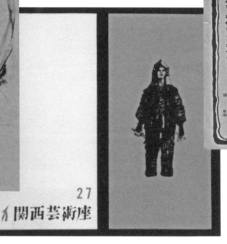

▲ 간사이(関西)예술좌 : 1968년 9월 사쿠마 오지 각색

▲ 극단 신극장(삿포로시) 1972년 11월 : 오가키 하지메 각색

◀▶ 도쿄예술좌 : 1972년 11월 초연 - 〈오린〉(속 오린 구전)에서 - 무라야마 도모요시 각색

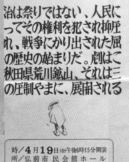

▲ 히로사키(弘前) 연극연구회 : 1968년 4월 초연 - 사쿠마 오지(作間雄二) 각색

아라카와 광산터로

▶ 1972년 〈오린〉을 연기한 기요스 스미코와 선광장터에서(67세)

▼ 아라카와 광산의 모래 찌꺼기산(단노 아키라丹野曄 촬영, 1987)

▲ 『오린 구전』 작품의 무대, 광산터를 방문 : 1975년 11월(70세)

◀ 같은 날, 모교를 방문 : 아라카와 광산 폐산 후 옮긴 다이세이초등학교의 교무실에서 담소 - 왼쪽 옆은 동행한 스즈키 요시오(鈴木義雄. 『감방세포』의 작가 스즈키 교시鈴木淸의 형)

▶ 1975년 『아카하타』의 취재 : 「일본 독일 이태리와 방공협정 전후 - 역사의
증언」에서 『참을성 강한 자에게』를 손에 들고(70세)

▲ 1974년 『오린 모자전』 간행 후의 취재(69세)(구라하라 데루히토蔵原惟人 촬영)

▲◀ 1976년 고사카(小坂) 광산을 방문(71세)(후카오 교코深尾
恭子 촬영)

▲ 민중사

▲ 아키쓰(秋津)서점

▲ 일본청년출판사

▲ 신일본출판사

▲ 신일본출판사

▲ 신일본출판사

1970년대의 저서

『오린 구전』에서 다키지·유리코상을 수상, 작가로서 새롭게 높은 평가를 받아 연이어 저작이 간행되었다. 『젖을 팔다乳を売る』(1972.1)로 전후의 독자는 처음으로 전쟁 전의 작품 7편을 접할 수가 있었다. 6월에는 일중국교회복에 맞춰 『땅밑의 사람들』 개정판, 12월에는 전전·전후의 시 60편을 수록한 시집 『갱내의 딸』을 펴냈다. 1973년 9월에 르포르타주집 『고통스러운 전후疼く戦後』(51편 수록), 10월에는 전후의 단편 12편을 묶어 『또 다른 나날에またあらぬ日々に』를 간행했다.

『오린 구전』의 속편 『오린 모자전』이 1974년, 『모모와레의 타이피스트』가 1977년에 발행되어 '오린 3부작'도 완성되었다.

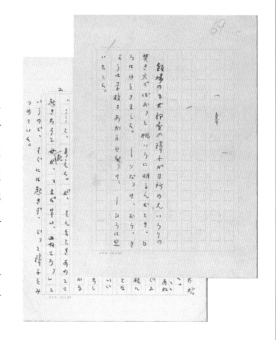

▲ 『민주문학』 1974년 3월호부터 연재된 『오린 모자전』 도입부 원고

1984년 79세

8

펜을 휘두르고
발로 뛰고

1978년 ~ 1989년 73~84세

마쓰다 도키코는 1978년 72세가 된 해의 1월부터 『민주문학』에 자전적 에세이 「회상의 숲」을 연재하기 시작했다. 제1회는 「태양과 빌딩」이라고 제목을 붙였다. 처음 상경해 우에노역에서 본 아침 해와 도쿄역에 내려 앞에서 본 미쓰비시三菱 소유의 마루丸빌딩에 대한 인상을 토로한 내용이었다. 아라카와 광산 소유자 미쓰비시. 그 "소유물에서 너무나도 큰 압박감, 뿌리칠 수 없을 정도의 피정복감"을 느꼈다.

『오린 구전』을 집필할 즈음에 도키코는 미쓰비시에 대해서 철저히 조사했다. 그리고『오린 구전』을 완성한 후인 1970년에는 요추골절임에도 불구하고 1개월간 지바의 교토쿠行德에 있는 미쓰비시제강에 노무자로 일하러 들어갔다. 거기에서 상근 노무자, 임시공, 노무자의 대우에 대한 격차를 직접 체험했다. 또한 경작 면적을 줄여서 생활할 수 없게 된 농민과 독점개발계획으로 어업 지역을 빼앗긴 어민이 일하러 온 것을 목격했다. 대자본중심 정치에 의한 토지 수탈로 농민이나 어민이 노동자가 되는 구도는 변하지 않는다. 도키코는 그것을 실제로 체감하고 『오린 구전』의 스토리를 이어서 써야 할 현대적 의미를 확인했다.

『회상의 숲』연재 중이던 4월, 도쿄전력의 차별철폐 소송제기로

부터 2년째가 되어 지원하는 회의 제2차 총회가 열렸다. 거기에서 도키코는 17명의 대표위원 중 한 사람이 되었다. 도쿄전력은 공산당원에 대해 임금차별과 퇴직을 유도하는 처우, 인사 이동 등의 차별 공격을 가했다. 그중에는 문예서클에 참가했다는 이유만으로 배치 전환을 당하는 젊은 여성도 있었다. 회사는 노조에 대응해 '적정인원 대책위원회'를 조직한 뒤 인사를 도구로 삼아 사내의 불만과 비판을 잠재웠다. 도쿄전력의 원자력 발전에 대한 거액의 투자와 '안전신화'는 이렇게 추진되었다. 도키코는 재판으로 싸우는 사람들의 집회에 참가해 취재하면서 1979년 6월부터 소설『당신 속 위선의 모습들あなたの中のさくらたち』을 거의 1년에 걸쳐『아카하타』에 연재했다. 그리고 1981년에 신일본출판사에서 간행했다. 공산당을 배척하는 반동 공세가 강화되는 정세 속에서 각종 기업에서 직장 내 사상차별을 가하고 있었다. 그런 까닭에 도키코는 이시카와지마하리마石川島播磨중공업의 재판투쟁에도 참가했다.

1980년은 도키코의 생애에서 가장 괴롭고 슬픔에 찬 해가 되었다. 동거하던 손자인 후미코의 장남 다이치로太一郎가 겨우 8세의 나이로 세상을 뜬다. 소아암이었다. 1974년 3세에 발병해 애써

미쓰비시의 공장에서 일하던 때의 정기권

회복에 진력했건만 결국 목숨을 잃고 말았다. 태어날 때부터 지켜보며 귀여워했다. 투쟁 중에도 똑똑하게 성장하는 모습을 보여주던 아이였다. 후미코의 낙심하는 모습을 보는 것도 고통스러웠다. 평소에는 밝은 도키코가 다른 사람에게 "무슨 일이 있었습니까?"라는 말을 들을 정도로 기운을 잃은 상태였다.

도키코는 1982년 1월 3일 『아카하타』 일요판에 「산벚나무의 노래山桜のうた」를 발표한다. 초등학교 시절 의붓아버지의 폭력을 참던 어머니에게 함께 도망치자고 얘기했을 때의 어머니를 그린 감동의 명작이다. 전쟁 전의 「젖을 팔다」와 쌍벽을 이루는 전후의 단편이 되었다.

이 해의 10월에는 홋카이도의 유바리夕張를 방문했다. 바로 지난해 10월에 후쿠탄유바리北炭夕張신광에서 가스 폭발이 일어났는데, 화염을 진화하기 위해 위기에 처한 59명이 있던 갱내에 물을 주입해 전부 93명이 희생되었던 것이다. 원자력 발전소 추진 등 국가 에너지 변경 합리화 정책으로 인해 일어난 이 사고로 탄광은 폐산, 2천 명의 노동자가 해고되었다. 사고 당시 달려갈 수 없었던 도키코는 이 과정을 지켜보고 현지의 사람들과 하루라도 함께 투쟁하고 싶다는 마음으로 방문했다. 그 방문기를 10월 24일 자의 『아카하타』 일요판에 기고했다.

1984년 여름에는 차남 사쿤도 부부의 지원으로 3주간에 걸쳐 소비에트 여행을 가게 되었다. 10대 시절 러시아문학에 빠졌던 도키코이므로 특히 고리키, 톨스토이의 집 견학을 기대했다. 고리키 집 정원에는 자완(개미취) 꽃이 활짝 피어 있었다. 어린 시절 광산장의 집에서 어머니가 이름을 가르쳐준 그립던 꽃이었다. 「자완 꽃紫苑の花」이라는 시가 탄생했다. 톨스토이의 옛저택에서는 유언대로 묻힌 소박한 묘를 발견했다. 「흙더미 아래에盛り土の下に」라는 시가 되었다.

다음해 7월 80세를 맞이한 도키코는 잇달아 두 권의 책을 출판했다. 전후 단편집 『산벚나무의 노래』(신일본출판사)와 제4 시집 『마쓰다 도키코 전全시집』(未来社)이었다. 이에 탄력을 받아 나카노구의 동료들이 '신저 『산벚나무의 노래』 출판과 팔순을 축하하는 모임' 행사를 구내의 대학 생협회관에서 개최해주었다. 구시다 후키, 후와 데쓰조不破哲三, 이시이 아야코石井あや子, 나카가와 리사부로中川利三郎 등이 축하해 주었다.

80대를 맞이해서도 원기 왕성했던 도키코는 강연 의뢰에 응하면서 새로운 르포르타주 집필에 착수했다. 한국쌀 수입반대투쟁을 계기로 식료와 농업 문제를 추구했다. 이바라키茨城현 서부 농촌으로 들어가 취재를 시작했다. 농작업 견학, 농가의 가정탐방을 통해 많은 사람들과 친하게 교류하면서 진행한 취재는 평화 문제나 선거활동 안건까지 들추는 스케일이 큰 내용이 되었다. 1985년 6월부터 『흙에 듣는다土に聴く』라는 제목을 붙여 『내일의 농촌あすの農村』에 1년간 연재한 후 1987년에 신일본출판사에서 간행한다. 단행본의 「후기」는 농민의 언어로 끝을 맺는다. "이대로 가면 일본은 식량으로 미국에게 위의 속까지 맡기게 된다. 자신의 위의 속을 타국에게 맡겨서 나라가 독립할 수 있을까"라며 도키코는 농촌의 현실을 직시했다.

일본의 장래를 우려하며 날카롭게 경고했던 것이다.

『흙에 듣는다』를 출판하고 2개월이 지난 8월, 도키코는 고베시에서 개최된 제33회 일본모친대회에서 '어머니는 지상에서 핵이 아니라 낙원을 추구합니다' 라는 제목으로 기념강연을 했다. 1954년의 비키니 사건*을 계기로 개최되어 온 모친대회에 도키코는 제1회부터 참가했다. 더욱이 지방에서 열리는 대회에서도 종종 강연자나 조언자로서 역할을 수행했다.

1988년 10월, 남편 오누마 와타루가 타계한다. 부부로 같이 지낸 지 62년. 전쟁 중 별거한 적은 있었지만 긴 세월을 같이 투쟁했다. 그는 도키코의 작가활동을 이해해주며 응원해준 동지였다.

---

* 시즈오카현의 참치어선이 비키니섬 주변에서 조업 중, 미국의 수소폭탄 실험에 휘말린 사건. 비키니섬은 현 마셜제도에 속한다. 명칭은 비키니 수영복에서 유래되었다.

다이세이초등학교 터에『오린 구전』문학비 건립

▶▼ **1979년 74세** : 교와초(協和町) 옛 다이세이초등학교 터에『오린 구전』문학비가 설립되어 10월의 제막식에 200명이 참가, 축하회에서 신도 마사오(進藤正夫) 지역 대표(町長)가 축사, 나카가와 리사부로(中川利三郎) 중의원 의원이 건배 구호를 선창했다. 비에는『오린 구전』도입부의 문장이 새겨졌다. 부조의 초상은 사사모토 쓰네코(笹本恒子)가 촬영한 것이다. 2012년에 새겨졌다.

▲ 1978년 같이 살던 장녀 일가와 시치고산(七五三)*을 축하하기 위해 인근의 에코다 히카와(氷川) 신사에 갔다 (오누마 와타루 촬영). 손자 다이치로(6세)는 2년 후 병으로 세상을 등졌다.

▼ 1981년 2월 5일 NHK 교육TV에서 〈나의 자서전·마쓰다 도키코~아득한 동산(銅山)〉 방영 : 수록일에 동행한 문예평론가 고마이 다마에(駒井珠江)의 스튜디오 방문기가 전날의 『아카하타』에 게재되었다.

銅山の母と松田文学

短編小説のような美しい語りで

収録後松田解子さん（左）と語る駒井珠江さん

▶ 1978년 73세 때 작곡가 하야시 마나부(林学)와 대담 : 일본의 우타고에 운동 30주년을 앞두고 테마는 '노래와 문학과 반전'(『우타고에신문』 4월 24일 자).

歌と文学と反戦

対談

『회상의 숲』

1926년 상경 당시부터 패전까지를 더듬어 그린 자전. '오린 3부작'의 마지막 작품 『모모와레의 타이피스트』의 탈고를 마치고 7개월이 지난 뒤인 1987년 1월호부터 다음해 2월호까지 잡지 『민주문학』에 연재(4월, 신일본출판사 간행).

마지막 장은 '포츠담선언'을 소재로 한 시로 정리했다. 후쿠다(福田)내각의 '유사입법'** 연구에 대한 착수의 소란 속에서 썼다. "그 1930년대 후기를 때때로 그대로 느낀다", "그날들, 밤마다 삶의 투쟁과 반전의 투쟁을 위해 피를 흘린 사람들"을 생각했으며 "언제나 선인들의 뼈 위를 걸어왔다"라는 회상으로 끝을 맺었다.

回想の森

松田解子

新日本出版社

---

* 7세, 5세, 3세의 어린애 성장을 축하하는 일본의 연중행사.

** 전쟁 등의 상황을 상정해 여기에 대처하기 위해 제정된 법의 총칭.

가스폭발 사고현장 유바리로

▲ 유바리의 신부인사무소에서(세키 쓰기오関次男 촬영)

▶ 1981년 10월 16일 후 쿠탄유바리 신광(홋카이도 유바리시)에서 가스폭발 사고가 발생 : 1982년에는 취재, 1984년(79세)에는 강연하러 현지에 갔다.

▲ 1982년 10월 24일 자 『아카하타』 일요판에 르포 「단풍보다 붉게 타는 결의」를 발표 : 후쿠탄유바리 신광은 노동자들의 광산 재건의 목소리를 무시하고 폐산, 2천 명의 종업원을 해고했다. 지역사람들과 단풍이 한창인 유바리를 걸으며 투쟁하는 사람들의 표정을 전했다.

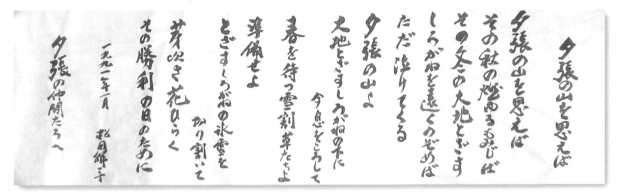

▲ 유바리에 대한 애틋함을 표현한 글 : 1991년(86세)

▲ 1982년 1월 록히드 의혹 사건으로 국회 방청(77세)

▲ 방청 후 일본공산당 미야모토 겐지(宮本顯治) 위원장(좌)과 환담

▲ 가네코 미쓰히로(金子滿広) 서기국 차장과 환담

인터뷰 기사에서 「광산을 응시하며」

1983년 12월 21일 자 『아사히신문』 칼럼 「신입국기新入国記 83 – 아키타현 광산을 응시하며」에 『모모와레의 타이피스트』를 손에 쥔 모습의 인터뷰 기사가 게재되었는데 거기에서 "지구의 자원을 누가 독점해 수탈했는지, 문명론을 써서 남기고 싶다. 자원의 수탈은 인간의 수탈로 연결된다"고 발언했다.

다이쇼 말기에 상경. "먹는 둥 마는 둥 하는" 프롤레타리아작가의 길을 선택한 소회를 밝혔다. 대작 『오린 구전』은 조사와 광산사 연구에 13년이나 소요한 광산의 남녀들의 묘비명이라고 소개되었다.

'도쿄전력 투쟁의 어머니'로서

1976년 10월 노동자들은 '도쿄전력의 인권침해·임금차별 철폐'를 호소하며 소송을 제기했다. 마쓰다 도키코는 이 투쟁을 지원해 1995년 12월에 해결될 때까지 함께 투쟁했다. 동소송 원고단 부단장 스즈키 쇼지鈴木章治는 마쓰다 도키코를 '도쿄전력 투쟁의 어머니'라고 불렀다.

▲ 도쿄전력의 사상차별·임금차별·인권침해에 대해 항의하는 사람들 : 플래카드에는 "우리는 단지 차별이 없는 직장을 원한다"라고 적혀 있다.

▲ 도쿄전력 투쟁지원 공투 연락회의 결성 후 처음으로 전개한 제1차 도쿄전력 본점을 향한 항의행동(1991년 7월)

▲ 도쿄전력 중앙지원 공투회의가 개최한 항의행동에서 호소하고 있다. 1993년 4월(88세)

▲ 1993년 4월 도쿄전력 본사 앞에서 원고단의 여성과 함께

▲ 지원집회

▲ 1992년 4월 도쿄전력 본사 앞 항의행동에 참가 : 팸플릿 '개척하자 내일을 – 도쿄전력 19년 2개월'에는 "87세라고는 믿어지지 않는 박력으로 참가자를 격려하는 마쓰다 도키코 씨"라고 쓰여 있다.

▲ 1982년 도쿄전력 차별철폐투쟁의 신춘가족 파티

도쿄전력의 사상차별 문제와 마쓰다 도키코 씨

스즈키 쇼지鈴木章治

노동총연구원 · 전 도쿄전력 인권침해 · 자금차별 철폐소송 원고단부단장

우리들의 이 차별투쟁은 1967년 10월 직접적으로는 공산당원 및 지지자 등이 회사에서 감시당하고 차별받는 것에 대한 항의죠. 이 차별을 금지시키기 위해 시작했습니다. 하지만 그 배경을 살피면 단지 우리만의 문제가 아니죠. 도쿄전력은 이윤 본위의 경영을 펼치며 노동자의 노동조건의 저하에 대한 합리화를 강행해왔습니다. 이를 반대해 우리는 투쟁했죠. 그러므로 우리에 대한 차별, 공격은 결국 도쿄전력 노동자 전체의 권리침해에 해당한다는 생각으로 재판투쟁을 시작했습니다. ……도쿄전력은 임금차별뿐만 아니라 여러 인권침해를 우리에게 자행해 왔습니다. 직장 안에서 노동자와 말을 나누는 것조차 불가능합니다. 회사는 "그들과 얘기하면 이로울 것이 없다"며 노동자에게 압력을 행사, 우리와 분리시켰습니다.……

우리는 지원하는 회의 기관지로서 『인간』을 주목했죠. 마쓰다 씨는 보내온 기관지를 보고 "도쿄전력의 지독함을 알았다. 이제 잠자코 있을 수 없다"고 하며 투쟁 속에 말하자면 자신의 몸을 던졌죠. 함께 투쟁하는 멤버의 입장에서 지원하는 의미 이상의 행동을 보여준 사람이었습니다. 아무튼 그 작은 몸으로 참으로

열정적으로 이쪽저쪽 행동이 전개되는 곳마다 찾아다녔습니다. 특히 『당신 속 위선의 모습들』의 집필 준비 당시에는 현장에서 일하는 노동자의 생활 전반을 알고 싶다는 생각에 사로잡혔다고 말했죠. 그러니까 그 즈음부터 녹음기를 한 손에 쥐고 메모를 했습니다. 우리가 얘기하는 곳에 다가와서 불쑥 녹음기를 꺼내며 "당신은 어떤가요?"라고 하며 말을 걸어왔습니다.

……어쨌든 권력이 행사하는, 도리에 맞지 않는 것에 대한 분노의 강도, 그리고 이에 투쟁하는 노동자와 가족에 대한 동정과 그 깊이, 그게 매우 컸으며 심오한 것이었다고 생각합니다.

(2011년 12월 '제8회 마쓰다 도키코를 얘기하는 모임' 강연 발췌, 회보 15호)

『당신 속 위선의 모습들』

도쿄전력 차별철폐 투쟁의 지원활동 속에서 탄생한 장편소설 『당신 속 위선의 모습들』. 「회상의 숲」 되고 반년 후인 1979년 6월~1980년 5월까지 『아카하타』에 게재되었다 (81년 5월, 신일본출판사에서 상하 2권).

"노동자로서 당연한 권리 주장도 수용하지 않는 인권침해와 전쟁 전을 연상시키는 사상차별, 임금차별이 자행되고 있다. 특히 부인의 경우엔 부인이기 때문에 2중 3중의 차별을 장기간 받아도 괜찮은가"라며 계속 묻는다.

'얘기하는 모임'에서의 발언에서

다니구치 에이코谷口栄子
『당신 속 위선의 모습들』 주인공의 모델

……저는 당시 도쿄전력 본점의 20대 후반 여자사원이었죠. 저는 그때 공산당원에 대해서 이름만 들어본 정도였으므로 전연 몰랐어요.……

……그런 제가 본점에서 같은 여자애들과 문예서클을 만들어 처음으로 잡지를 발간했습니다. 그게 완성된 순간에 저의 상사 수력발전과의 부장에게 불려갔는데 "무얼 만들었나?……이런 짓을 한다면 이곳에서 근무할 수 없어"라고 하며…… 이동을 하라는 전근명령이 내려졌죠.……네리마練馬 지사로 갔는데 거기에서는 "저 자는 빨갱이야"라는 꼬리표가 붙어 있었어요.

……제소 후 저는 350명 정도 있는 도쿄전력의 네리마 지사에서 단 한 사람의 원고였습니다. 도쿄전력의 삼엄한 지사 앞에서 혼자 삐라를 뿌렸죠. 대단히

힘들었어요. ……그래도 마쓰다 선생님이 격려해주시기도 했고 함께 해준 구區노협의 사람들의 지원에 힘입어 할 수 있었던 거죠.

작품에 드리워진 원자력발전소에 대한 시점
 원고단의 호소를 설명하는 장면에서

▲ 1981년 『당신 속 위선의 모습들』 출판기념 파티

회사가 요금인상의 구실로 삼은 것은 설비투자이지만 그중 가장 커다란 요인은 원자력발전소였다. 거기에는 건설단가가 두 배나 들고 건설기간도 긴 만큼 막대한 투자가 요구되었다. 게다가 원자력발전소는 안전하다고 회사는 여러 차례 선전했지만 절대로 안전하다는 보증은 없었다. 그럼에도 왜 회사는 원자력발전소의 투자를 서두르는 것일까? 회사는 유익사업으로 국민의 수요 증가에 대응하기 위해서라고 하며 조합도 그에 완전히 동조했다. 하지만 속셈은 우리들 국민을 위해서가 아니라 거의 대부분 기업을 위해서 그러한 것이었다. (『당신 속 위선의 모습들』 하권에서)

▲1981년 12월 : 왼쪽부터 장남 데쓰로, 오누마 와타루, 미우라(三浦) 가쓰미, 마쓰다 도키코와 조합운동 동료들

엽서의 문장

새해 복 많이 받으세요.

몇십 년 만에 데쓰로 씨를 만나 뵈어서 기뻤습니다. 52세라고 듣고 정말일까라고 생각하며 자신의 나이를 헤아려 보았습니다. 그 당시의 맑은 눈동자는 변함없었으며 역시 데쓰로 씨였습니다. 자기과시욕이 없는 것도 옛날 같았죠. 역시 부모에게서 물려받았을까요? 예술적인 방면으로 그를 인도하려는 생각이 당연했다는 느낌입니다.

* *

여기에서 저는 호소이 씨를 생각합니다. 다다 간스케陀田勘助 씨는 호소이 씨에게 소설을 쓰도록 권유

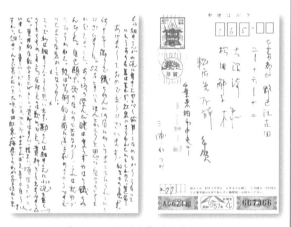

▲ 1982년 미우라 가쓰미에게서 온 연하엽서 : 호소이 와키조(細井和喜蔵)의 『여공애사(女工哀史)』가 그려진 경위에 대해 쓰어 있다.

했습니다. 반대한 사람은 우타가와歐川(본명은 宇田川)였죠. "자료를 추출해야 마땅하고 구체적인 숫자를 제시해야 하며 자료는 많을수록 좋다"라는 항목을 거론했어요. "문장에 구애받지 말 것, 자료가 좋으면 문장은 저절로 나온다." 호소이 씨의 명저가 세상에 나올 무렵 요시다 고센吉田紅棠이 우리집을 방문했습니다. 호소이 씨가 소설을 완성하기 위해 연필을 핥으며 끙끙거리고 있었다면 그 명저는 탄생하지 않은 채 고센에게 빼앗겼을지도 모릅니다. 운명적이었다는 느낌이 듭니다.

▲ 1984년 79세 : 나카노구 아라이(新井) 3가에 있는 도요타마형무소를 철거하기 전에 견학했다. 마쓰다 도키코의 뒷사람이 오누마 와타루, 그 오른쪽이 변호사 아오야기 모리오(青柳盛雄)

전쟁 전 가와카미 하지메, 고바야시 다키지 등이 투옥된 도요타마형무소에서는 1941년 옥내 십자방十字房에 '도쿄예방구금소'가 설치되었다. 치안유지법 관련 옥사자獄死者는 미키 기요시三木清를 포함해 18명에 이른다. 우다가와 신이치宇田川信一는 1944년 기아 상태에서 옥사했다. 1925년에 오누마 와타루와 '곳키샤黑旗社'를 창설해 노동조합활동을 함께 한 야마모토 주헤이山本忠平(펜네임은 다다 간스케陀田勘助)도 1931년에 옥내에서 자살했다고 전해진다. 1982년에는 '도요타마(나카노)형무소를 사회운동사적으로 기록하는 모임'이 설립, 『옥중의 쇼와시昭和史 – 도요타마형무소』(1986년, 青木서점)를 펴냈다. 형무소는 현재 '평화의 숲 공원'이 되었다.

다다 간스케

◀ 도요타마형무소

1984년 8월 『아카하타』 모스크바 특파원이었던 차남 사쿤도 · 마이코每子 부부와 소비에트 여행

▲ 톨스토이 저택 근처의 버스정류장에서
: 뒤는 칼호스의 농가

◀ 모스크바대학 구내에서

고향의 넓고 넓은 푸른 하늘
고향의 흰 구름 피어오른 산들
고향 농민의 땀에 곡식이 익는다
광대한 논밭
어머니 같은 대지와 태양이여
태양이여 태양이여
이제부터라도 늦지 않다
익어라 비추어라.

(자선집 제9권에 수록)

▲▶ 1984년 7월 한국쌀 수입 반대 요코하마 해상데모
에 참가

『마쓰다 도키코 전全시집』

  팔순을 계기로 모든 시를 한 권으로 정리한 『마쓰다 도키코 전시집』
(1985년 8월, 미래사 간행).

  「전쟁 전의 시」 36편, 「전쟁 중의 시」 5편, 「전쟁 후의 시」 36편을 수
록했다. 시인 오시마 히로미쓰大島博光는 이 시집에 대해 "시인은 거기에
일관되게 일본 인민의 혁명투쟁, 그 영웅상 — 현실 세계, 역사를 독특
한 문체로 리얼하게 노래하며 그리고 있다", "이 시집 자체가 일본 시에
있어서 하나의 기념비"라고 평가했다.

  마쓰다 도키코는 아마 이것이 마지막 시집이 되리라고 예감했는지,
「사라지는 흙의 고향으로亡びの土のふるさとへ」라는 1편의 신작을 삽입했지
만 그로부터 15년 가까이 더 살며 집필 활동을 이어갔다.

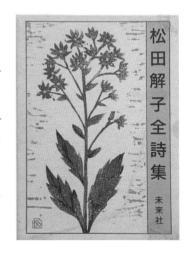

松田解子全詩集

未来社

▲ 1984년 이바라키현 교와초(協和町)의 작은 수박 농가 요시하라(吉原) 댁에 머물며 취재

▲1985년 5월 이바라키현 야치요(八千代)시의 시클라멘 재배농가 : 고타케(小竹)부부의 하우스 안에서(80세)

▲ 취재 당시 들른 사무소에서 색지에 쓰고 있다.

『흙에 듣는다』

"생애에 한 번만이라도 우리 국민의 생명 양육자인 농민에게 경의와 감사를 드려야"라고 「후기」에 쓴 르포르타주 『걸으며 쓰고 흙에게 듣는다步き書き土に聴く』(1978년 6월, 신일본출판사 간행).

1984년에 자민당정부가 한국쌀 수입을 개시한 시기부터 반대운동에 참가, 그 후 1985년 6월부터 『내일의 농촌あすの農村』에 연재했다. 마쓰다 도키코의 농업 문제에 대한 관심은 전쟁 전부터 줄곧 이어졌으며, 1940년대부터 패전 직후까지 그녀는 산업조합중앙회(농협의 전신)에 근무한 경험도 있다. 그 경험을 살려 이바라키현 교와초의 농촌을 방문해 걸으면서 쓴 현장감 넘치는 르포였다.

▲ 1985년 10월 신간 『산벚나무의 노래』 출판과 팔순 기념회 : 나카노구 대학 생협회관에서

▲ 스피치를 하는 시오다 쇼베(塩田庄兵衛), 목관을 여는 야마구치 유코(山口勇子)

◀『산벚나무의 노래』를 『아카하타』 일요판에 발표 : 1982년 1월(77세)

▲ 오른쪽 끝이 우에다 고이치로(上田耕一郎), 중앙이 나카가와 리사부로(中川利三郎)

▲ 오른쪽 끝이 후와 데쓰조(不破哲三)

▲ 광산 출신의 마쓰이 데이조(松井貞蔵)와 함께 : 1985년 11월(80세).무연고 묘지에는 수많은 노동자가 눈을 감고 있다.

『산벚나무의 노래』

"금세기 초부터 대자본이 군림한 한 동산에서 때마침 태어난 나와 작중 주인공들의 완전히 원초적인 삶의 체험, 그리고 현대로 이어지는 삶에 대한 의욕의 멈출 수 없는 고백"을 그렸다. 『산벚나무의 노래』(1985년, 신일본출판사)에는 6편이 수록되었다.

포악한 의붓아버지에게서 도망치자고 말하는 딸에게 "은혜를 은혜로 생각하며 참고", "내 뱃속에서 난 아이 한둘은 내손으로 길러야 한다"고 타이르는 「산벚나무의 노래」에는 마쓰다 도키코의 육아교육의 원점이 그려져 있다. 그 외에 '핵'의 위험에 대한 경계심에서 쓰인 「흰 조약돌에서白い小石から」, 「머리털과 광석髮と鉱石」 등이 수록되었다.

일본모친대회

일본모친대회는 1995년 6월 '생명을 탄생시키는 어머니는 생명을 양육하고 생명을 지키는 것을 원합니다'라는 표어 아래 제1회 대회가 도쿄에서 개최되었다. 각지의 대회에 강연자로 참가했다.

▲ 1987년 8월 제33회 일본모친대회(고베시)의 전체회의에서 '어머니는 지상에서 핵이 아니라 낙원을 추구합니다'라는 제목의 기념강연을 했다. 1만여 명의 참가자들 앞에서 서두에 "세계의 인류 50억 인구가 전부 여자의 뱃속에서 태어났다고 하는 사실에 경탄하고 있다…… 생활의 고뇌·무권리의 굴욕, 그러한 것을 참아내며 양육해왔다고 하는 이 에너지, 어머니는 대단한 존재라는 점에 대해 때때로 새삼 감동해도 좋지 않을까……"라고 말했다.(82세)

▲ 대회회장(고베시)에서 『발로 쓴 시(足の詩)』의 사인 판매

▲ 일본모친대회에 출석한 국제 민부연(民婦連) 대표 프리뮬라 룸바(Primula Loomba), 마쓰다 도키코, 구시다 후키

▲ 제3회 일본모친대회 분과회 : '가정의 건강을 지키기 위해서'에 지역의 유지들과 함께 참가 (1957년 8월, 52세)

▲ 야마가타(山形)현 모친대회에서 강연 : '모친이 손을 잡고 풍부한 자연과 평화로운 야마가타를 어린애들에게 남기자' (1987년 11월, 82세)

▲ 도리데(取手)모친대회에서 강연 : '모친은 미래를 개척한다' (1989년 10월, 84세). (시오야 미쓰에塩谷満枝 촬영)

▲ 제46회 일본모친대회(도쿄)에서 분과회 조언자로서 아사이 모토후미(浅井 基文)와 함께 (2000년 7월, 95세) (쓰다 미치요津田道代 촬영)

『발로 쓴 시, 시화 10편』

지체부자유자가 자체적으로 운영하는 도쿄 콜로니 히가시무라야마東村山 인쇄소에서 진행한 자신의 역사 강좌 얘기를 계기로 엮은 『발로 쓴 시, 시화 10편』(1987년 7월, 도쿄 콜로니 히가시무라야마인쇄소 간행).

자신의 시를 소개하면서 그와 관련된 자신의 역사를 알기 쉽게 설명한 10편. 편집 과정에서 발견한, 패전 직후의 일기에 끼워져 있던 메모에 담긴 시 「자장가」, 이 한 권을 위해 집필한 시 「더없이 아름답고 풍요로운 지구를」을 수록.

（1）　1988年4月15日（金曜日）　　母親しんぶん　　第363号

母親しんぶん

生命を生みだす母親は
生命を育て 生命を守る
ことをのぞみます

発　行　所
東京都千代田区一ツ橋
2－6－2
日本教育会館27階（〒101）
電話（230）1836・1837
日本母親大会連絡会
編集・発行者 山家和子
毎月15日発行
定価　60円（〒40円）

自民党廃婦で
「新大型間接税」ストップ

▲ 신대형간접세(소비세)에 대해서 분노를 표현(1988년 4월, 83세)

（1）　1989年12月15日（金曜日）　　年金者組合　　宣伝版

すてきなあなた

年金者組合
宣伝版
全日本年金者組合
中央本部

〒169 東京都新宿区百人町4-7-2（364）3646
発行責任者 引間博愛

ねんきんしゃコラム

老人を温かくむかえ入れる社会を

私の年金は月8000円よ

▲ 「연금자조합」 선전판 : 연금 문제에 대해서 설명(1989년 12월, 84세)

婦民新聞

聞 （昭和45年10月24日 第三種郵便物認可） 第537号

Eクラブ創立40周年、再建発足15周年

堅実に 記念のつどい

器楽合奏と講演のつどい

松田さん 励まされた81歳 気迫の人生

松田解子さん、力強く講演 1時間半

迫力ある講演

綱領

発行所
婦人民主クラブ再建連絡会
〒164
東京都中野区東中野3-13-1

▲ 부인민주클럽(재건) 40주년, 재건발족 15주년 기념, 미야기현 협의회 개최의 모임에서 '오린의 세계와 우리들'이라는 테마로 강연(1986년 3월, 81세)

1983.3.12

対談
おしんの時代と私たち

梅津はぎ子　　松田　解子

NHKテレビドラマで人気のおしんは1901年生まれ。労働婦人としてたたかいつづけてきた梅津さんは1904年、作家の松田解子さんは1905年生まれ。同時代に生きてきたふたりが語るおしんの時代と生きてきた道——

あの時代の一断面

14

▶ 『여성의 광장(女性の広場)』에서 우메즈 하기코(梅津はぎ子)와 대담. 「오신*의 시대와 우리들(おしんの時代と私たち)」(1983년 12월, 78세).

生きることと文学と
松田解子著
創風社

『사는 것과 문학과生きることと文学と』

「어린애와 문학」, 「여성수상女性随想」, 「나를 길러준 책」, 「디키지, 유리코, 고리키」, 「사람과의 만남」, 「역사와 문학」.

6장에 걸쳐서 살아온 과정과 문학의 관련에 대해 37편을 수록했다.(1988년, 創風社 간행)

에세이 풍으로 쓰인 문학논집.

* 1983~1984년에 방송된 NHK 연속 TV소설.

▲ 1988년 10월 25일 오누마 와타루 서거(87세) : 사진은 서재에서 쉬는 날의 부부 모습(후카오 교코 촬영)

◀ 부부가 되도록 주선한 후루카와 미키마쓰(古河三樹松. 대역 사건의 사형수 후루카와 리키사쿠古河力作의 동생) : 사망 1년 전 내방

오누마 와타루 1901~1988

 미야기현 이와데야마마치岩出山町 출신. 이시노마키石卷상업학교 졸업 후 일본대학 전문부에 입학했으며 대리교사와 잡지 편집 등에 종사했다. 후세 다쓰지布施辰治의 권유로 실업자운동 개척에 참가했다. 또한 1924년 우다가와 신이치 등과 함께 중앙자유노동자조합을 결성해 실업자 구제사업과 실업보험법의 제정을 위해 노력했다. 나아가 '감옥방 타파 기성동맹'을 만들어 홋카이도 등에서 그 철폐운동을 했다. 당초 아나키즘의 영향을 받아 야마모토 주헤이山本忠平(시인이며 필명은 다다 간스케阿田勘助) 등과 '곳키샤黑は社' 등을 창설했으나 그 계열에서 벗어나 전협(일본노동조합 전국협의회)에서 활동했다. 1930년 전협 지도부(다나카 세이겐田中清玄 일행)의 무장투쟁 방침에 반대해 이를 바로잡기 위해 전협쇄신동맹의 결성에 참가했다.

 패전 후 공산당에 입당, 전재자戰災者동맹·생협生協운동의 조직에 참가해 일본생협연의 이사로 선임되었으나 1950년에 결핵이 발병, 8년여의 투병생활 후 주로 지역에서 활동을 했다.

▲ 1989년 3월 15일 '치안유지법 대탄압 기념모임'에서 강연

▶ **1989년 1월 7일 쇼와천황 사망** : 상경한 해 연말의 다이쇼천황과 이 당시의 쇼와천황, 이 두 천황 사망과 관련한 정부, 메스컴의 대응에 대해 지적하면서 자신이 체험한 다이쇼, 쇼와시대의 '꼴불견'에 대해 언급했다. 자민당 다케시타(竹下) 총리의 '담화'에 대해서는 "아무리 그래도 그것만은 말하지 마세요, 총리여 / 천황이 평화의 수호신이었다고는"이라는 말로 끝을 맺었다(「'쇼와' 종극」, 한 작가의 감상). 남편의 인생과 종극을 「인후음(咽喉音)」에 그려서 진혼했다.

▲ 「인후음」: 『민주문학』(1990년 8월호)   ▲ 「'쇼와' 종극」: 『민주문학』(1989년 3월호)

『마쓰다 도키코 단편집』

전쟁 전·전쟁 중의 단편 17편을 수록한 『마쓰다 도키코 단편집』(1989년 9월, 創風社 간행)에 대해서 마쓰다 도키코는 "17편, 내 자신도 이것을 기초로 해서 자신의 인생과 문학을 총체적 시점에서 진보적으로 회상할 수밖에 없다.……근원적 작품"이라고 말하며 "한 권으로 묶어 지금의 젊은이들이 읽을 수 있도록" 하고 싶다는 소망을 담았다.

오랜 세월 마쓰다 도키코는 「출산産む」을 최초의 작품으로 생각하고 있었다. 하지만 그 전에 「도망친 딸」이 있음이 밝혀져 이 책에 처음으로 수록했다.

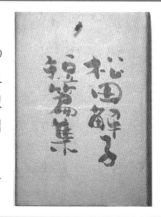

진폐소송 지원

1988년 진폐소송의 지원에 착수했다. 탄광이나 광산, 터널공사 등에서 일하는 노동자가 분진을 장기간 흡입하여 폐 손상을 입고 괴로워하는 진폐. 기업과 국가에 대책의 제도화와 피해보상을 요청하며 소송을 제기한 각지의 투쟁은 일부에서 승리판결을 이끌어냈지만 여전히 많은 피해자들이 소송 중이다.

('※' 표시된 사진은 스즈키 가즈오鈴木和夫 촬영)

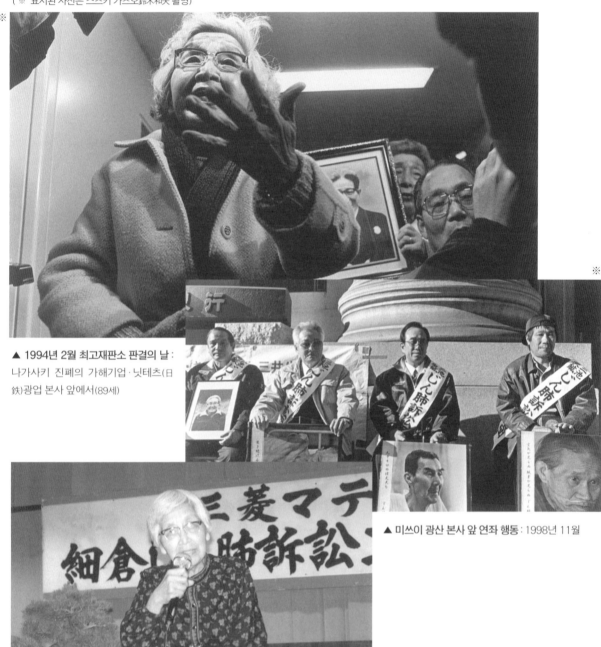

▲ 1994년 2월 최고재판소 판결의 날 :
나가사키 진폐의 가해기업·닛테츠(日鉄)광업 본사 앞에서(89세)

▲ 미쓰이 광산 본사 앞 연좌 행동 : 1998년 11월

▲ 미쓰비시(三菱)머티어리얼 미야기현 호소쿠라(細倉) 광산 진폐소송의 집회(1994년 6월)

※

▲ 1993년 11월 최고재판소 앞, 나가사키 호쿠쇼(北松) 진폐 구두변론의 날(88세)

※

◀ 1995년 11월 나가사키 후쿠쇼 진폐 보고집회에서(90세)

※

▶▲ 1996년 10월 터널 진폐 집회에서(91세)

◀ 도난(道南) 진폐소송 승리집회
: 1998년(93세)

あやまれ、つぐなえ、なくせじん肺

▲ 1997년 5월 소효(総評)회관에서 진행된 터널 진폐소송 집회에서 혼신의 힘을 다해 호소하고 있다(92세).

진폐 없이 21세기로

향기 나는 대기와 햇볕과 땅의 풍요로움

이 아름다운 지구에 인간으로서 태어나

그 혜택을 충분히 누릴 여유도 없이

밤낮없이 땅 밑에 있으면서 분진 투성이가 되어

자원을 계속 파내던 노동자를 기다리던 것,

그것은 빈곤과 전쟁과 재해와

빼앗긴 공기와 죽음의 고통을 안겨준 진폐였다.

일본의 서쪽 끝, 나가사키 후쿠쇼의 땅에서

진폐를 용서하지 말라는 외침이 전국 노동자의 혼을 불러일으켜

탄광이나 광산이나 조선(造船)이나 터널 등 많은 분진의 직장에서

진폐가 없는 21세기를 향한 투쟁은

인간노동자의 존엄을 걸고 지금 시작되었다.

진폐 피해자로 눈을 감은 영혼이여! 편안히 잠들라.

02년 5월 나가사키 후쿠쇼 진폐 근절 기념비문

2002년 5월 26일

글 마쓰다 도키코

도코(東光)절 30대째 주지 쇼토쿠(正徳) 새김

じん肺なき二十一世紀へ

香ぐわし大気と陽光と地の豊饒

その美し地球に人間として生まれ出で

その恵みにたっぷりと浸る余裕もなく

日日夜夜地底にあって粉じんにまみれ

資源を掘り続けた労働者を待ち受けていたもの

それは、分貧乏と、戦争と災害と、

奪われた空気と、死の苦しみのじん肺であった

日本の西端、長崎北松の地からの

じん肺を許すなの叫びは全国の労働者の魂をゆさぶり

炭鉱の鉱山の造船のトンネルの多くの粉じん職場に

じん肺のない二十一世紀をめざす闘いは

人間労働者の尊厳かけ、いま始まっている

じん肺被害ゆえに逝ける霊魂よ、安らかにあれ

二〇〇二年五月二十六日

文 松 田 解 子

東光三十世正徳 出

02年 5月　長崎北松じん肺根絶祈念碑文

▲ 나가사키현 후쿠쇼에 건립된 '진폐 근절 기념비'의 비문에 쓴 휘호(97세)

이시카와지마하리마石播(IHI)중공업 투쟁을 함께 한 동료와

'ZC(제로커뮤니스트) 관리명부'를 만들어 헌법위반의 임금차별과 사상차별을 계속한 이시카와지마하리마石川島播磨중공업에 대해서 노동조합의 활동가가 1976년 제소했다. 30여 년 후의 2007년에 회사 측은 '반성'을 표명해 화해가 성립했다. 마쓰다 도키코는 처음부터 투쟁에 합류했다.

전쟁 전부터 이시카와섬 하리마중공업에서 투쟁한
미나미 이와오, 오자와 미치코 부부

미나미 이와오는 와타나베 마사노스케渡辺政之輔와 함께 1922년 난카쓰南葛노동회 결성의 발기인으로 IHI의 조합 조직화에 진력, 간토関東대지진 재해 후에 탄압을 받았다. 가메이도亀戸 사건으로 학살당한 요시무라 고지吉村光治가 친형. 오자와 미치코는 고바야시 다키지가 「당 생활자」에서 그린 군수공장에서 조직활동 후 검거되었다. 부부와의 교류는 평생 지속되었다.

IHI중공업 투쟁 동료 여러분께

마쓰다 도키코(작가)
승리를 위한 모임의 호소인

일전에는 'IHI · 승리를 위한 모임' 제6회 총회에서 여러분을 뵈었습니다. 그리운 이시카와石川섬의 지난 일 등을 떠올릴 수 있었고, 현재 여러분이 건강히 투쟁하는 모습도 확인했으며 노인인 저도 매우 격려를 받고 돌아왔습니다. 그 다음날에는 8구区의 연설회에 나가 부재중이었는데 일부러 전화를 주셔서 감사했습니다.

지난 19일 일요일에는 전쟁 전 이시카와섬에서 활동하신 미나미 이와오南巌(94세) 씨, 부인 오자와 미치코 小沢路子 씨(89세)를 뵙기 위해 요코하마시 도쓰카쿠戸塚区 구미자와汲沢 1-11 구미자와단지 12호-201번지로 방문했습니다. 현재 건강하게 투쟁하고 계시는 여러분의 소식을 전하고 돌아왔습니다. 부인은 계속 누워계셨지만 의식이 뚜렷했고, 미나미 씨는 최근에도 연대행동을 펼치러 히비야日比谷까지 다녀오시는 등 건강한 모습이었습니다. 부부가 여러분에게 잘 전해달라고 말씀하셨습니다.

그럼 또 어디에선가 뵐 수 있겠지요. 우선 일전에 신세를 져서 감사의 인사와 함께 미나미 씨 부부 댁 방문에 대해 보고를 드립니다.

아무쪼록 여러분께 안부 전해주세요.

石播のたたかう仲間の皆さんへ

松 田 解 子（作家）
勝たせる会呼びかけ人

先日は「石播・勝たせる会」第六回総会の場で皆様にお目にかかり、なつかしい石川島の先達のことなど思い出すやら、今日の皆さまの元気なたたかいぶりにふれるやら、老軀もたいへん励まされて帰りました。あの翌日は八区の演説会へ出かけた留守にわざわざお電話ありがとう。

昨一九日の日曜日は、戦前石川島で活動された南巌（九四歳）、夫人小沢路子（八九歳）を横浜市戸塚区汲沢一ノ十一汲沢団地十二号ノ二〇一に訪問、現在元気にたたかっている皆さんのことをお話して帰りました。夫人は寝た切り

ですが、意識はハッキリ、南氏は最近も統一行動に日比谷まで出てくる元気さで、夫妻とも皆さまによろしくと申しておりました。この夫妻からも私は励まされて帰りました。

では又、どこかでお目にかかれるでしょう。とりあえず先日への感謝と南夫妻訪問のお知らせまで。どうかご一同様にもよろしく。

9

차세대에게 전하는 회상의 인물들

『모친신문』의 취재에 응해

1990년~2003년 85~98세

1990년 여름 도키코는 모처럼 아키타현 다자와코 초田沢湖町의 와라비장わらび莊에 체재하며 소설을 썼다. 2년 전에 타계한 남편 오누마 와타루에 대해서 쓰고 싶었다. 소설에 대해서는 전쟁 전에 깊게 친교를 맺은 우다가와 신이치와 미우라 가쓰미 부부를 회상한 「어느 부부의 일」을 5년 전에 쓴 뒤, 2년 전에 「플라타너스와 한 늙은 여자와의 대화에서」를 집필했을 뿐이다. 오누마의 임종 때에는 마침 같은 연령의 쇼와 천황도 병중이어서 뉴스에 '하혈'이나 '자숙自肅'이라는 언어가 자주 등장했다. 전쟁 전에는 천황제 하에서 여러 번 검거, 투옥되어 고문을 당했던 남편이었다. 천황과는 극적인 입장에서 격렬하게 인후음咽喉音을 토한 뒤 목에 손을 대고 숨을 거둔 마지막의 모습이 통절히 그려졌다. 도키코는 「인후음」이라고 제목을 붙여 이 해 『민주문학』 8월호에 게재했다.

1991년 1월부터 『신부인신문』(주간)에는 소설 『내일을 품는 여자들』을 연재하기 시작했다. 강연활동이나 연을 맺은 운동단체의 집회가 많이 열리는 상황에서 집필했다. 요통이 있었지만 정신적으로는 매우 충실했기 때문에 80대라도 뒷심을 발휘할 수 있었다. 당시 걸프전쟁을 구실로 삼아 일본은 자위대의 해외파병을 기도하고 있었다. 소비세가 도입돼 서민생활을 위협하는 정치에 분노하는 목소리가 드높았다. 그 때문에라도 부탁받으면 그곳에 갔다. 이시오마키石巻시에서도 두 지역에서 강연했다. 교토京都의 업자부인業者婦人*의 총 결기집회에는 천 명이 넘는 사람들이 모였다. 도都지사 선거에서는 하타다 시게오畑田重夫의 응원을 위해 선전용 자동차에도 올랐다. 특히 거주지 나카노구 내에서는 아무리 작은 집회라도 참가했다. "아무튼 자신이 사는 곳에 자리를 잡고 풀뿌리가 되어 어떠한 반동의 폭풍우가 몰아치든 평화헌법만은 지킨다는 각오"와 "지역을 계속 개척한다"란 신조를 아키타의 팬인 사토 세이코佐藤征子에게 보낸 편지에 밝혔다. 도키코는 그 풀뿌리 활동을 주제로 『내일을 품는 여자들』을 그렸다. 도키코는 1년 반의 연재를 마친 뒤 다음해 12월 신일본출판사에서 간행했다.

1994년에는 강연 외에 역경의 시대에 함께 의지를 품고 활약해온 사람들과의 대담과 좌담회가 이어졌다. 7월에 『민주문학』의 기획으로 신나이부시新内節**의 인간국보 오카모토 분야岡本文弥***를 방문해 대담했다. 분야는 98세, 도키코는 88세였다.

프롤레타리아 문화운동의 시대에 『서부전선 이상 없다』나 『태양이 비치지 않는 거리』 등을 신나이부시로 작품화해서 '붉은 신나이부시'라고 불리는 분야의 토크를 도키코는 무산자탁아소에서 듣고 있었다. 분야는 이 시기 전 조선인 군위안부의 호소에 마음이 움직여 사과의 표시로 신곡 〈분야 아리랑〉을 발표해 주목을 끈 바 있었다. 프롤레타리아시대의 이야기가 활기를 띠어 대담은 『민주문학』 8월호에 게재되었다.

같은 해 10월에는 닛뽄바시日本橋도서관 개관 기념

* 자영업자 부인들이 자신들의 권익 도모와 평화로운 상행위를 추구하기 위해 모인 집회.

** 일본의 전통 악기 샤미센 음률에 맞춰 배우가 가사를 읊조리는 민요의 한 장르.

*** '분야'는 신나이부시 배우의 호칭.

다이세이칸(大盛館)·마쓰다 도키코 문학기념실

식의 기획으로 '하세가와 시구레長谷川時雨의 작품전'
이 개최되어 『여인예술』 시대의 모치즈키 유리코望月
百合子, 히라바야시 에이코平林英子와 환담했다. 시구레
에 대해서 서로 얘기를 나눴다. 그 다음 달에는 부단
연婦團連 회장인 구시다 후키(당시 95세)와 대담을 나눴
다. 「사는 게 즐겁다 – 내년에는 '60년 안보' 때처럼 투
쟁하고 싶다」(『아카하타』에 게재)를 주제로 서로 패기
있게 얘기를 주고받았다.

1995년 2월 20일에는 오타루의 다키지제祭에서
기념강연 '다키지에게서 나는 무엇을 배웠는가 – 인
간으로서 작가로서'에 대해 얘기했으며 강연 원고를
보충한 내용을 『민주문학』에 발표했다. 오타루에서
막 상경한 다키지의 모습을 생생하게 증언했음은 물
론 「1928년 3월 15일」의 인물형상을 논하고 그의 학
살을 전했다. 다키지를 곁에서 지켜본 도키코만의 강
연·평론이었다.

도키코는 이 해의 5월부터 『부민신문』에 「잊을 수

없는 선인들忘れ得ぬ先人たち」을 연재하기 시작했다. 도
중에 병에 걸려 중단하는 일도 있었지만 2000년까
지 155회에 걸친 장기연재를 진행했다. 도키코는 같
은 해 8월에 신일본출판사에서 『여인회상女人回想』이
라는 제목으로 출판했다. 도키코가 만난 사람들에 대
한 회상의 기록이었다. 제1부는 초등학교 1학년 때의
담임 스즈키 도쿠 선생에서부터 시작해 성장한 노무
자합숙소의 노동자 사토 사타로佐藤佐太郎 선생 등 향
리의 사람들에 대한 내용이었다. 제2부는 도쿄 시정市
井의 시절, 그리고 미우라 가쓰미나 오스기 사카에大杉
栄의 여동생 아야메あやめ와 『여인예술』의 사람들에 대
한 내용이었다. 프롤레타리아작가동맹의 와카스기 도
리코若杉鳥子, 미야모토 유리코, 고바야시 다키지, 그리
고 무산자 산아제한동맹의 야마모토 고토코山本琴子에
이르기까지. 도키코의 인생에 크게 영향을 미치고 그
녀를 지탱해준 사람들에 대한 존경과 감사의 마음을
담은 회상록이었다.

1999년『민주문학』6월호에는「만났을 당시 – 시마자키 고마코島崎こま子 씨에 대한 추억」을 집필했다. 고마코는 시마자키 도손島崎藤村의 조카이며「신생新生」에서 세쓰코節子의 모델로 등장한 여성이다. 무카이시마向島의 아즈마嬬무산자탁아소에서 보모로 일하던 때에 만났는데, 1960년대 후반에 재회한 뒤 세상을 뜰 때까지 교류가 지속되었다. 도키코는 기구한 인생을 보내온 고마코의 인품을 차분한 필치로 추억을 담아 그렸다. 도손 문학연구자의 주목을 받는 작품이 되었다.

2000년의 막이 열리자 기쁜 소식이 찾아왔다. 고향 아키타 센보쿠군 교와초(현 다이센시大仙市)의 모교 부지에 있는 향토자료관 다이세이칸大盛館에 마쓰다 도키코 문학자료 코너가 들어선다는 것이었다. 지방 의회에서 곤노 사토시今野智 의원이 제안해 전원 일치로 실현하게 되었다. 게다가 담당자는 마쓰다 도키코와 편지를 주고받았던 공민관公民館 직원 사토 세이코佐藤征子였다. 1년에 걸친 준비 과정을 통해 2001년 1월 '마쓰다 도키코 문학기념실'이 마련되었고 완공식이 개최되었다. 추운 시기였지만 도키코는 감동에 벅찬 마음으로 식에 참석해 "생애 최고 좋은 날"이라며 감사의 인사말을 전했다. 다음 날에는 250명의 참가자가 보는 앞에서 '자애로운 고향의 품에 안겨 – 저의 감사인사'라는 제목으로 1시간 동안 강연을 했다. 앉아서 얘기하도록 모두가 권유했지만 선 채로 기백 넘치는 얘기를 했다. 청중 중에서 교와協和중학교 3학년 18명도 열심히 들어주었는데 도키코에게는 고마운 일이었다.

2003년 8월 제49회 일본모친대회가 아키타시에서 열렸다. 특별기획의 분과회 '아키타가 낳은 프롤레타리아작가 · 고바야시 다키지와 마쓰다 도키코'에 게스트로 초청을 받았다. 그 전해에 넘어진 적도 있어서 휠체어로 무대에 올랐지만 일어서서 정열적으로 얘기했다. 440명 정도의 참가자로부터 우레와 같은 박수가 쏟아졌다. 그후 들른 다이세이칸의 기념실에서 대회에 참가한 민주문학회의 후배들과 잠시 교류를 갖고 즐거운 시간을 보냈다.

◀ 참의원 의원 오가사와라 사다코(小笠原貞子)와 대담 : 「지금 빛나는 일본공산당과 우리들」(『클럽 곤니치와』, 1990년 7월 15일호)

▶ 1995년 10월 구순(졸수)을 축하하는 모임에서 구시다 후키와 함께(시호다니 미쓰에 촬영)

『내일을 품는 여자들』

1991년 1월부터 다음해 6월까지 『신부인신문』에 연재한 『내일을 품는 여자들』(1992년 12월, 신일본출판사 간행)은 마쓰다 도키코 87세의 작품.

공습, 패전, 출산, 쌀 부정배급에 대한 항의활동, 선거권 획득과 전후 초기의 총선거, 패전에 따른 일본사회의 변화 속에서 「역사적으로 첫 선거권을 행사하는 여성들」의 「감개와 감동」, 「행동과 투쟁」을 작가와 거의 같은 모습의 주인공을 통해 그렸다.

70대~80대 대담

샤미센三味線과 『자본론』으로 교류합시다.

마쓰다 도키코 작가(84세)

나치 시즈코 지바·후나바시시 거주(71세)

"요즈음 마치 초등학교에 들어갔을 때처럼 너무 공부하고 싶다"고 말하는 작가 마쓰다 도키코 씨. 그리고 70세의 나이로 과학적 사회주의에 '개안'해 지금은 "좋아하는 샤미센도 손에 대지 않고 숙독에 매달리는 일상이다"라는 나치 시즈코 씨. 현재 84세와 71세인 두 사람은 "시력과 기력이 남아 있는 한"이라고 말하면서 의기투합, 얘기에 신바람이 나서…….

세상은 어지러울 정도니까

마쓰다 저에겐 읽을 의욕이 저절로 생기는 일상이죠. 세상이 어지러울 정도로 움직이고 있고 분개할 일도 많아서요. 세상이 어떻게 움직이는지 모르고는 살 수 없지 않나요. 지금 저는 『자본론』을 열독 중이어서 하루에 1페이지라도 생각하면서 읽고 지내죠.

나치 저도 작년 여름 무렵부터 본격적으로 읽기 시작했는데 모든 게 재미있어서 빠져있던 샤미센에도 결국 손대지 않게 되었네요.(웃음).

마쓰다 나치 씨, 샤미센도 연주하세요? 샤미센과 『자본론』으로 교류하시죠(웃음). 전 『자본론』을 전쟁 중에 읽기 시작했어요. 헌데 특별고등경찰이 쳐들어와 보는 앞에서 그 책을 빼앗아 가더군요.

● 70代・80代対談

三味線と『資本論』で おつきあいしましょ

松田　解子 作家（84歳）

那智シズ子 千葉・船橋市 在住（71歳）

● 世の中めぐるしいから

松田　私ね、読む意欲をそそられる毎日なのよ。だって世の中めまぐるしく動いているし、憤慨することも多くてねえ。世の中どう動いていくか、知らなくては生きていけないじゃない。今ね、私は『資本論』に熱中していて、一日一㌻でもと思ってやっているのよ。

那智　私も去年の夏ごろから本格的に読みはじめましたら、なにもかも面白くなって、熱中していた三味線もとうとう手につかなくなりました。（笑い）

松田　あんた、三味線もおやんなさいよ。（笑い）三味と『資本論』でおつきあいしましょ。私は『資本論』を戦争中に読み始めたんですけど、なにしろ特高警察がおしかけてきて真っ先にそういう本を持っていってしまうで

「このごろちょうど小学校に上がったときみたいに、勉強したくて勉強したくて」とおっしゃる作家の松田解子さん。そして七十歳で科学的社会主義に『開眼』、今じゃ『好きな三味線も手につかず、熟読の毎日です』という那智シズ子さん。現在八十四歳と七十一歳のお二人。「視力と気力のあるうちはね」といいながら意気投合。話が弾んで弾んで……。

26

▲ 나치 시즈코(那智シズ子)와 『자본론』에 대해서 서로 얘기하다.(『여성의 광장』, 1990년 5월호)

▲ 오카모토 분야 부부와 함께. 뒷줄 왼쪽
부터 문예평론가 신후네 가이사부로(新船
海三郎), 사와다 아키코(澤田章子)

▶ 신나이부시의 배우 오카모토 분야와
대담 「일본 가곡의 힘, 예술의 마술」(『민주
문학』 1994년 8월호)(쓰다 미치요津田道代
촬영)

『지금도 계속 걸으며』

　『여성선女性線』 복각판과 함께 구순을 기념하여 간행된 『지금도 계속 걸으
며歩きつづけて、いまも』(1995년 9월, 신일본출판사).

　그때그때 써온 인생론, 노동자론, 문학운동론, 오사리자와尾去沢댐 사건,
하나오카 사건, 소설작법, 다키지 문학에서 배운 것 등, 마쓰다 도키코를 알
기 위해서는 빠뜨릴 수 없는 문장들이다. 그 외에 도쿠나가 스나오, 무라야
마 도모요시, 미야모토 유리코, 구라하라 고레히토, 에구치 간의 회상, 무산
자탁아소에서 인형극단 부크ブーク와 함께 출연한 신나이부시의 배우 오카
모토 분야와의 만남에서부터 시작되는 도키코·분야 대담을 수록했다.

歩きつづけて、いまも
私の人生と文学
松田解子

90年の人生と、
文学の原点を語る！
連作『おりん口伝』をはじめ、新しい女
性のめざめを描きつづける作家。時代
と社会に向かう熱い炎と平和への希望。
新日本出版社

戦前に引き戻してはいけない

作家・救援会中央本部顧問　松田解子さんのたたかいを聞く

一九四七年五月に憲法が施行されてから、今年はちょうど五十年目を迎えます。編集部では、この節目となる年の新年号のインタビューとして、松田解子さん（作家、救援会中央本部顧問）にお話を聞きました。

—戦前から作品を書いておられたそうですが…

私は日露戦争のあった一九〇五年、秋田県の三菱の金属鉱山で生まれ、そこで育ちました。本当のたたか

子どもといっしょに特高に引っ張られて

いを東京に行って学んで、それで文学もやりたいということで、治安維持法が制定された翌年の一九二六年に上京しました。二七年に結婚。

子どもが生まれて七十五日目の二八年三月十七日、ちょうど三・一五大弾圧の二日後、三人の私服の特高と二人の制服警官が来て、すぐ狙いをつけられてね。「あの女郎（めろう）だ」って。

と名前を伏せても、「あの女なんて、まだそうたくさんはいないから、「Ｍ」って、すぐ狙いをつけられてね。

「ガサ」をくったの。そしたら私が熱心にノートに書き写した『共産党宣言』が出てきて、あの特高の怒りったらね。夫は共産党員でしたが、私は子どもと一緒に小松川警察署に引っ張られてね。私は文学をやるつもりだったから、『無産者新聞』に詩などを送っていました。おかみさん的な詩を書

られたのは、あの特高の怒りひどいこと。またその声のひどいこと。「女郎、野郎、ガキ」とうく、親父は野郎、女房は女郎で、子どもはガキ。「ガキなんかしょっちゅうこの運動できると思っているから、バカッ」ってね。人間扱いしても…

じゃない。天皇制警察のわれわれ貧民の扱いは、格段と差別があるわけ。権力っていうのは汚い。

溢れ出てくる思いを叫びのように書いて

—それでも書き続けたのはなぜですか？

やっぱり、やられればやられるほど、「こん畜生」っていう腹の虫がおさまっていうっていうのかしら。そういう腹の虫がおさまらないっていうのかしら。そこから書きたいことが次から次へとあるからね、どうしても…

れから書きたいことが次から次へとあるからね、どうしても…

の私が書いたものは。当時の状況のなかで、プロレタリアの文学・芸術活動を励ますような刊行物も出てくるわけです。それが全日本無産者芸術連盟の機関誌として一九二八年に創刊された『戦旗』という文化的総合雑誌。その後いろんなジャンルにプロレタリア的な団体がどんどんできて、その中に、プロレタリア作家同盟がありました。私の『坑内（しき）の娘』という詩は、二八年の十月号の『戦旗』に載ったものです。その年の三月に引っ張られたでしょ。それから「ようし、ガキしょってでももやれることはやるぞ」と思ってこれを書いたの。そ

ものを書くということは、内心の問題、精神の問題でしょ。だからどうしても溢れてくるの。それを書かないと切なくなっちゃうのね。苦しくなっちゃうの。私の場合はね、叫びのように詩を書いたりして、それが文学になるか、ならないかは別として、書きたくて書いたという、そういうものなんです。当時書いたのは、そういうものなんです。そ

60年ぶりに復刻された詩集

詩集
辛抱づよい者へ
松田解子著
東京・同人社 1935

『구원신문』1997년 1월 5일 자

166

전쟁 전으로 돌아가서는 안 된다

작가 · 구원회 중앙본부 고문 마쓰다 도키코 씨의 투쟁을 듣는다

1947년 5월의 헌법 시행으로부터 올해 정확히 50년째를 맞이한다.

편집부에서는 이 시점의 신년호 인터뷰로 마쓰다 도키코 씨(작가, 구원회 중앙본부 고문)에게 이야기를 들었다.

아이와 함께 특별고등경찰에게 끌려가

전쟁 전부터 작품을 쓰셨다고 들었습니다만……

저는 러일전쟁이 일어났던 1905년 아키타현의 미쓰비시 금속광산에서 태어나 그곳에서 자랐습니다. 진정한 투쟁을 도쿄로 올라와서 배우고 싶었고 문학도 하고 싶다는 생각이 들어서 치안유지법이 제정된 다음해인 1926년에 상경했습니다. 그리고 27년에 결혼했죠.

아이가 태어나고 75일째 되던 28년 3월 17일, 정확히 3·15탄압의 2일 후 3명의 사복 특별고등경찰과 2명의 제복경찰이 와서 가택수색을 했어요. 내가 열심히 노트에 베꼈던 『공산당선언』이 나왔죠. 남편은 공산당원이 아니라 노동운동의 활동가였어요. 나는 아이와 함께 고마쓰가와 경찰서로 끌려갔죠.

나는 문학을 할 셈이었으므로 『무산자신문』에 시 등을 보내기도 했습니다. 아줌마처럼 시를 쓰는 여자가 그렇게 많지 않았기에 'M'이라는 이명을 썼지만 '그 여자일 거야' 하고 타켓이 되었죠.

끌려간 나는 매우 협박을 당했으나 뺨을 맞는 정도에 그쳤고 금방 나올 수 있었습니다. 특별고등경찰의 격노하는 목소리가 지독했죠. 또한 그 언변이 듣기 어려울 정도였어요. "이년, 새끼"라는 표현을 했어요. 아버지는 '놈'으로, 부인은 '년', 어린애는 '새끼'라고 호칭했습니다. "어린애를 업고 운동 따위가 가능하다고 생각하나? 이 멍청이"라고 했죠. 인간 취급을 하지 않았

어요. 천황제 경찰의 우리 빈민에 대한 대우는 훨씬 차별이 심하죠. 권력이라는 것이 더러워요.

흘러넘치는 생각을 외치는 것처럼 쓰고

그럼에도 계속 써오신 것은 무엇 때문입니까?

역시 당하면 당할수록 '이런 제기랄' 하고 속이 뒤틀려서 참을 수 없는 걸까요? 그리고 쓰고 싶은 것이 계속 생기니까요……

글을 쓴다는 것은 마음의 문제, 정신의 문제겠죠. 그러므로 아무래도 넘쳐흘러요. 쓰지 않으면 견딜 수 없어집니다. 괴로워지니까요. 내 경우에는 외치는 것처럼 시를 쓰기도 하는데, 그것이 문학이 되거나 되지 않거나 하는 건 별도의 문제이며 쓰고 싶어서 썼다고 하는 그러한 형태입니다. 당시의 내가 쓴 것은.

당시의 상황 속에서 프롤레타리아문학 · 예술 활동을 격려하는 듯한 간행물도 나왔죠. 그게 전일본무산자예술연맹의 기관지로, 1928년에 간행된 『전기』라는 문화종합잡지였어요. 그 후 여러 장르에 프롤레타리아 단체가 속속 합류했고 그 안에 프롤레타리아작가동맹도 있었습니다. 나의 「갱내의 딸」이라는 시는 28년 10월호의 『전기』에 실린 것입니다. 그해 3월에 경찰에 잡혀갔었죠. 그 뒤 "그래, 아이를 업고서라도 할 일은 하자"며 이것을 썼어요.

60년 만에 복각된 시집

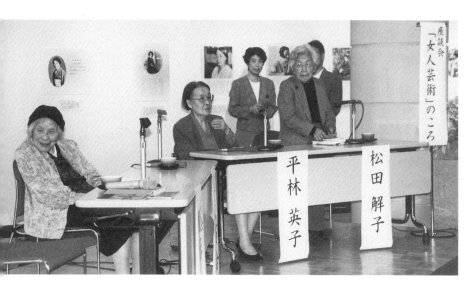

◀ 1996년 10월 세타가야(世田谷) 문학관의 '여인예술전'에서 열린 좌담회 '여인예술의 시절'. 모치즈키 유리코(望月百合子), 히라바야시 에이코(平林英子, 91세)와 함께(사사모토 쓰네코笹本恒子 촬영)

▲ 『여인예술』 관계자들과의 모임 : 젊은 날의 마쓰다 도키코에게 프롤레타리아작가동맹과 함께 『여인예술』은 문학의 배움터였다. 『여인예술』을 주재한 하세가와 시구레는 젖먹이 애를 업고 여인예술사를 방문하는 마쓰다 도키코를 계속 격려했다. 합계 18편의 작품이 잡지에 게재되었다. 1980년대에 접어들어 '여인예술전'이 개최되었으며 당시 여성작가들과의 교류가 부활했다.

◀ 2002년 4월 『여인예술』 연구자를 중심으로 한 NPO현대여성문화연구소의 설립 총회에서(97세)

다키지 문학비 건립을 기념해

◀▲ 1996년 10월 아키타현 오다테시 시시가모리(獅子ヶ森)에 고바야시 다키지 문학비 건립(제액 휘호·마쓰다 도키코). 제막식의 축하회에서 '고바야시 다키지의 추억'에 대해 강연(91세)

▲ 기념비 앞에 참가한 문학관계자들

▲ 시마자키 고마코(오른쪽 위), 중앙은 요시다 세이코(吉田誠子)

▲ 1978년 8월 나카노의 조후엔(浄風園)에서 시마자키 고마코(오른쪽 끝)를 문병하는 고토(江東)구의 무산자탁아소 시대의 보모들

出会いの時
——島崎こま子さんのこと——

松田解子

▲「만났을 당시 – 시마자키 고마코에 대해서」: 『민주문학』 1999년 6월호에 발표(94세). 시마자키 고마코는 시마자키 도손(島崎藤村)의 조카딸로 「신생(新生)」의 모델. 치안유지법으로 마음도 몸도 상처 입은 고마코가 세상을 등질 때까지 도키코와 교류한 내용을 그린다.

고마코의 편지

마쓰다 도키코 님

일전의 꿈과 같은 날 대단히 고마웠습니다. 살아 있는 것이 이보다 기쁠 수 없습니다. 잊고 있지 않았냐는 질문…… 완전히 실례했습니다. 죄송합니다. 오랫동안 실례하고 있었으니 죄송하다고 전해주십시오. 남편 분은 상당히 회복하셨죠? 아무쪼록 빨리 퇴원하시도록 기원하고 있습니다. 무더위에 부디 건강하시기 바랍니다.

고마코

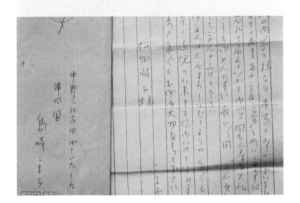

만났을 당시 시마자키 고마코에 대해서

마쓰다 도키코

……전쟁 후 그것도 20여 년이 지난 어느 날의 일이었죠. 같은 마을 2가에 있는 우리 집 근처의 1가에 사는 M씨가 찾아와서 최근 자신의 집 부근의 아파트에 시마자키 고마코라는 나이 지긋한 분과 그의 딸이 입주했다고 알려왔어요. 나는 갑자기 음산하던 전쟁 전의 분위기로 되돌아간 느낌이어서 고마코 씨를 회상하며 "그래요, ……"라고 말한 뒤 잠시 숨을 죽였죠.

M씨는 호쿠리쿠北陸의 농민출신으로 전쟁 중 도쿄에서 식당을 경영하고 있던 친척을 의지하고 상경했죠. 그러던 와중에 태평양전쟁이 일어나 식당주인인 친척과 함께 그 무렵 도내의 군수공장으로 징용된 적이 있습니다. 그리고 전쟁 후 이른 시기에 공산당에 입당해서 우리들이 사는 지역의 지부에서 활동하고 있었죠. 전쟁 후에 또다시 친척이 운영을 시작한 식당에서 전쟁 중에 결혼한 부인과 함께 일하면서 활동했습니다. 농촌 출신이니 따뜻한 성품을 지닌 M씨는,

"그게 아무래도……"라며 느긋하게 말했어요. "……그 분이 산보하러 나왔다가 우리 집의 '하타'의 게시판을 보았는지 조용히 들어와서 부탁하면 『아카하타』와 『문화평론』을 보내줄 수 없냐고 하는 거예요. 그래서 제가 그건 문제없다고 대답하고서 잽싸게 준비해서 어제 그 아파트로 다 보냈습니다. 그리고 어제 일요일이어서 딸과 둘이 계셔서 차를 마시기도 하고 잠시 얘기를 하고 왔습니다만, 얘기를 나누던 중에 시마자키 씨는 전쟁 전 가메이도亀戸나 무코지마向島의 오즈마吾嬬 부근에도 머무른 적이 있다고 했어요. 그렇다면 '마쓰다'라는 분을 아시냐고 물었더니 대단히 그립다고 하더군요."

마쓰다 도키코 씨의 「행복론」

나가이 기요시長井潔

화가

마쓰다 씨가 세상을 등진 날의 아침 식사 후에 "아아 행복하다"라고 몇 번인가 외치더니 돌아가셨다고 하더군요. (…중략…) "행복하다니 무슨 뜻일까" 하는 것에 대해 마쓰다 씨 자신의 언어로 표현한 작품이 있으므로 얘기하려고 합니다.

1999년 6월호의 『민주문학』에 게재된 「만났을 당시」라는 단편에는 '시마자키 고마코 씨에 대해서'라는 부제가 붙어 있었죠. …… 시마자키 고마코 씨는 시마자키 도손의 조카따님으로, 이 소설의 모델이 된 분이며 '세쓰코節子'라는 이름으로 등장합니다. …… 그 시마자키 고마코 씨와 마쓰다 씨는 서로 만났죠. 프롤레타리아작가동맹의 해산(1934년) 후의 일입니다. 가메이도의 무산자탁아소에서 최초로 만났죠. 그 뒤에 만남이 뜸하다가 전쟁 후의 60년대에 재회해 1974년에 고마코 씨가 세상을 뜹니다만 그 때까지의 일이 「만났을 당시」에 쓰여 있습니다.

……고마코 씨의 간병을 하게 된 마쓰다 씨가 고마코 씨와 둘이서 곰곰이 지나온 세월을 회상하며 "시마자키 씨, 도대체 인간의 행복이란 무엇일까요?"라고 서로 묻고 대답하는 장면이 있지요. "인간의 행복이라는 것은 아름다운 것을 아름답다고 말하며 칭송할 수 있는 것 아닐까요, 그게 틀림없다는 결론에 달한 것만큼은 사실이죠." (…중략…)

저는 이 결론에 이르는 과정에서 마쓰다 씨의 작품에 감동한 것은 무엇보다 고마코 씨의 마쓰다 씨에 대한 깊은 신뢰와 마쓰다 씨의 사려 깊고 친절한 대응 태도죠. 매우 아름다워요. 마쓰다 씨는 고마코 씨가 걸어온 가혹한 생애를 그저 위로했을 뿐만 아니라 날카롭게 비판도 했어요. 그 비판은 도손에 대한 비판으로 연결되었죠. …… "세쓰코의 그 희생적인 상냥함을(그것만을 결코 얘기하는 것은 아니지만) 피와 양식으로 삼아 강자 시마자키 도손이 들이켜 정력을 성취한 것 아니었을까" ……이러한 날카로운 언변으로 도손을 비판했죠. …… 마쓰다 씨는…… 동시에 반복적인 언어로 작가 도손의 대성을 계속 염원하면서도 자신은 나서지 않는 고마코 씨의 배려도 '강자에 대한 약자의 굴복의 배려'라고 비판했어요. (…중략…)

……고마코 씨가 육십 몇 세의 나이로 마쓰다 씨와 재회한 시점에서…… "그러므로 전 지금이 가장 행복할지도 몰라요"라고 말했습니다. ……도손과의 결별과 (그 후의 남편과의) 이혼, 두 번의 이별…….

그 얘기를 들은 마쓰다 씨는 "나까지 행복한 느낌이네요. 고마워요. 훌륭해요"라고 진심으로 말했다며……. 고마코 씨는 1979년 6월에 세상을 떴죠…….

"편안히 누워 고이 잠드소서"라고 마쓰다 씨는 적었습니다.

(2006년 12월 '제3회 마쓰다 도키코를 얘기하는 모임'의 강연 발췌, 회보6호)

▶ 나가이 기요시 「마쓰다 도키코 씨의 초상」(1997년, 유화):제50회 기념 독립전시 출품작품

▲ 1999년 2월 「신가이드라인법 반대집회」에 참석(94세). 앞줄 오른쪽부터 구시다 후키, 마쓰다 도키코, 뒷줄 오른쪽부터 니시야마 도키코(西山とき記子), 기네부치 도모토(杵渕智子), 다나카 미치코(田中美智子), 세 사람 건너 고바야시 도미에(小林登美枝), 핫타 히로코(八田広子)(시오야 미쓰에 촬영)

▲ 2000년 3월 부인민주클럽(재건) 54주년. 『부인민주』 1000호의 모임에서 강연(95세, 시오야 미쓰에 촬영)

▲ 2000년 베트남에서 집필(쓰다 미치요 촬영)

▲ 2000년 5월 '5월의 장미콘서트'에서 〈전여성진출행진곡〉을 불렀다 : 지휘-단조(壇上) 사와에, 독창-후쿠다 유미코(福田由美子)

▲ 2000년 4월 지역 유지들과 여느 때처럼 꽃구경 가서

마루오카 히데코(丸岡秀子)

▶ '마루오카 히데코 씨를 그리워하는 모임'(1991년 11월)에서 '만주사변' 직후부터 장기간 교제한 부분과 저서 『일본농촌 부인 문제』에 대해 얘기했다. 그리고 전후부인운동 시작 무렵의 추억 등을 경애의 마음으로 토로했다. 또한 1950년 하나오카 사건 취재 때 비용 마련을 위해 당시 금액으로 5천 엔을 흔쾌히 지원해준 점에 대해 밝혔다.

▲▶ 2001년 10월 이라크 파병반대 : 여자들의 긴자(銀座) 데모(96세) (시오야 미쓰에 촬영)

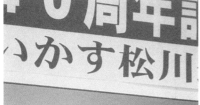

▲ 2003년 9월 '마쓰카와 사건 무죄확정 40주년 도쿄집회'에서(98세)

▲ 2001년 5월 휠체어에 탄 채로 메이데이에 참가

▲ 자양화가 핀 서재 앞에서(사사모토 쓰네코 촬영)

▲ 스케치북에 연필과 펜으로 그린 자화상

『여인회상』

　1995년(90세)부터 2000년(95세)까지 『부인신문』에 155회에 걸쳐 연재한 『잊을 수 없는 선인들』을 개제改題한 『여인회상女人回想』(2000년 8월, 신일본출판사 간행).

　「회상의 숲」에서 기록한 전쟁 전의 행로 중, 제1부에서는 초등학교 입학에서 상경까지, 제2부에서는 도쿄의 생활과 활동 중에 잊을 수 없는 사람들과의 만남에 대한 구체적인 내용을 짚었다. 또한 고바야시 다키지와 야마모토 고토코가 죽음을 맞이한 1933년까지를 뒤돌아보았다. 마지막 장 「두 죽음二つの死」에서는 "그렇게 몇천 일 동안이나 나를 감싸주었고 나를 격려해준 선인들이여, 나는 영원히 당신들을 잊지 않을 것이오"라고 덧붙였다.

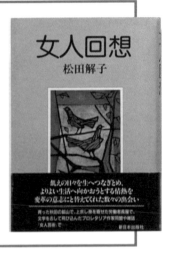

▲ **서재에서 집필** : 마쓰다 도키코의 서재는 자택 뒤 골목 안쪽에 있는 작은 방이었다. 사진은 2000년 『일중우호신문』의 취재에 응했을 때

▲ 『오린 구전』의 자료 점검을 하고 있는 모습(시오야 미쓰에 촬영)

▲ 2001년 9월 『시인 회의』의 취재 당시, 도이 다이스케(土井大助, 오른쪽), 아키무라 히로시(秋村宏, 왼쪽)와 함께(96세)

('※'표시된 사진은 시오야 미쓰에 촬영)

松田解子文学記念室

郷土資料室（民具·歴史·民家）

祝 松田解子文学記念室開設

▶▲ 2001년 1월 19일 아키타현 교와초(현 다이센시)에 마쓰다 도키코 문학기념실이 개설 : 1999년 가을의 정례의회에서 교와초의 곤노 사토시 의원이 제안, 그 후 설치예산이 만장일치로 가결되었고 당시의 교와초공민관 직원 사토 세이코의 협조로 실현되었다.

▲ 사토 세이코(왼쪽), 마사오카 에쓰코(政岡悦子, 오른쪽) : 아키타 거주 화가

※

▲ 곤노 사토시와 함께

※

▶ 전시실에서

▲ 2003년 8월 제49회 일본모친대회(아키타) 당시 기념실을 방문한 『민주문학』의 후배들과 함께

『사라이(サライ)』 2003년 7월호에 게재(98세)
(미야지 고조宮地工 촬영)

10
종언 / 끝없는 생명력

2004년 · 99세 사후의 계승 활동

2004년 1월 11일 도키코는 자택에서 두 채 건너 옆 골목 안쪽에 위치한 작은 서재로 천천히 가서 첫 동화집 『분홍색 다브다브 씨桃色のダブダブさん』의 '서문'을 쓰기 위해 만년필을 쥐었다. 생각지도 못한 동화집 출판이었다. 이 해에 도키코는 99세 생일을 맞이했다. 백수白壽회를 계획하고 있던 사람들이 기념출판을 기획해주었던 것이다. 생활이 어려웠던 전쟁 후의 한때 교도共同통신사 기자 야마누시 도시코山主敏子가 제안해서 지방지에 게재한 것이었는데 도키코는 그것을 잊고 있었다. 마쓰다 도키코 연구자인 에자키 준江崎淳이 낡은 골판지 상자에서 그것을 찾아내어 출판하게 되었다. 생각하면 참으로 여러 분들이 도움을 주었다. "고마워"라고 언제나 노래하듯 혼잣말이 나온다. 그러한 경위 등을 떠올리면서 쓴 '서문'이지만 마지막은 가장 마음에 걸린 일에 대해 적으며 매듭을 지었다. "지금 '자위대원'의 파병을 생각하자니 한마디로 표현할 수 없는 고통스런 느낌이 내게 밀려온다", "전쟁과 차별은 이제 절대로 싫어"라고 썼다.

4월에는 대망의 『마쓰다 도키코 자선집』 제1회 배본이 완성되었다. 이전부터 읽히지 않던 작품을 어떻게든 정리해서 간행할 수 없을까 하고 고민하던 중에 동향의 출판인 사와다 아키하루沢田明治가 선집이라면 가능하다고 말했다. 그래서 에자키 준江崎淳의 힘을 빌려 편집을 진행해왔다. 제일 먼저 손을 댄 것은 제6권 『땅밑의 사람들』이었다. 소설 「땅밑의 사람들」, 「뼈」 외에 하나오카 사건 관련 르포르타주, 에세이를 함께 묶었다. 에자키 준의 상세한 해제 · 해설도 들어갔다. 하나

오카 사건 전모와 도키코의 실상을 잘 알 수 있는 책이 되었다. 많은 이들에게 시대의 진실과 투쟁한 마쓰다 도키코 문학과 인생을 전하려는 구상으로 엮은 자선집을 손에 들고 보니 도키코의 가슴은 뜨거워졌다.

그 달 19일 '마쓰다 도키코의 백수를 축하하는 모임'이 미나토구의 아주르타케시마アジュール竹芝에서 개최되어 200여 명이 참가했다. 향리 아키타를 비롯해 홋카이도北海道, 규슈九州의 광산 · 탄광관계자, 진폐 문제, 노동운동, 평화운동, 일중우호운동, 치안유지법과 적색분자 추방관계, 교육 · 여성단체, 문학 · 문화관계자, 그리고 일본공산당의 동지들 등 다방면의 분야에 소속한 사람들이었다. 서두의 인사는 예전부터 지역에서 세대를 초월해 동지 사이였던 우에다 고이치로 일본공산당 부위원장, 마쓰카와 재판의 주임변호사 오쓰카 가즈오大塚一男가 맡았다. 건배사는 도키코의 초상화를 그린 나가이 기요시永井潔 화백이 맡았으며 유명한 사람들의 축사가 이어졌다. 도키코의 『여인예술』의 수상작 〈전여성진출행진곡〉 등을 단조 사와에壇上さわえ와 후쿠다 유미코福田由美子가 작곡가 고바야시 미나미小林南의 피아노 연주에 맞춰 노래했다. 오하라 조코大原穣子와 아이자와 게이코相沢けい子가 아키타 방언으로 『오린 구전』을 낭독하는 순서도 있어서 다채롭고 열기 넘치는 행사였다. 마지막에는 마쓰다 도키코도 휠체어에서 일어나 "한 세기 정도 살아왔는데 언제나 전쟁과 얽혀 있었다", "이제 서로가 살육하는 것을 허락하지 않겠다는 마음으로 이 조국에서 분발하고 싶다"고 역설했다. 폐회사는 관계자 대표로 마

쓰모토 젠메이松本善明 전 중의원 의원이 담당했다. 나가이 기요시長井潔가 "마쓰다 씨의 인생 그 자체가 최고의 작품"이라고 칭송하며 불로장생을 기원했다.

7월 25일 '축하하는 모임'의 사무국 임원들이 주축이 되어 탄생축하를 겸해 마쓰다 도키코를 초청하는 모임을 주선했다. 시종 상냥히 웃는 도키코와 함께 얘기를 나눈 뒤 '마쓰다도키코회'를 결성하고 그 업적을 전하는 활동을 하기로 결정했다. 도키코도 기뻐했다. 12월 26일(일요일)이었다. 후미코와 함께 늦은 아침식사를 했다. 당시에는 식사 때마다 도키코의 입에서 아

마쓰바라 준코(松原順子) 작품 : 창작인형 〈오토키 씨〉(마쓰다 도키코의 소녀 시절의 이미지)

키타 방언이 나왔다. "왜 이리 맛있을까. 참 맛있어"라며 맛있게 식사를 마치고 약을 먹은 뒤 침실로 갔다. "아 난 행복해. 행복하다"라고 노래하듯 말하며 "잠들고 싶다"고도 말했다. 조금 지나 콜록거리는 소리가 들려서 후미코가 방에 가보니 침대에 쓰러져 있었다. 끌어안은 채 말을 걸었지만 연이어 깊은 숨을 내쉬다가 후미코의 품안에서 숨을 거두었다. 급성심부전이었다.

손자인 다이치로와 남편 오누마 와타루가 잠들어 있는 나카노구 이케부쿠로池袋의 쇼호지正法寺에서 쓰야(밤샘)·고별식이 거행되었다. 28일 쓰야의 밤에는 엄동설한인데도 둥근달이 비췄다. 고별식 때는 완전 바뀌어 큰 눈이 내렸다. 이틀간에 500명이 넘는 사람들의 조문, 참례가 이어졌고 수많은 조사弔辭, 조전弔電이 도착했다.

2005년 2월 26일 아키타방송은 ABS스페셜 〈마쓰다 도키코 사랑과 투쟁의 인생〉을 방영했다. 『민주문학』은 3월호와 4월호에 추도특집을 편성했다. 『현대 여성문화연구소 뉴스 No.10』에서는 오가타 아키코尾形明子 도쿄조가쿠칸東京女学館 대학 교수의 추도문을 실었다.

4월에는 '마쓰다도키코회'가 '마쓰다 도키코 씨를 애기하는 모임 – 격동의 인생을 그리며'를 일본청년관에서 개최했다. 아키타 거주의 종이그림 작가 히라노 쇼지平野庄司의 추도사, 하이유자俳優座 소속 아리마 리에有馬理恵에 의한 마쓰다 도키코의 시낭독, 요시카이 나쓰코吉開那津子, 오카다 다카코岡田孝子, 곤노 사토

시, 스즈키 쇼지鈴木章治, 다카하시 히데하루高橋秀晴를 중심으로 한 패널 형식의 토론을 통해 고인을 회상했다. 유족 인사의 순서에서 오누마 사쿤도는 "어머니는 가족을 돌보지 않고 분주하게 활동했다"고 웃음을 자아냈으며 하시바 후미코는 "그렇게 하지 않았다면 그 정도로 일을 할 수 없지 않았을까"라고 이어서 말했다. 고별식에서 오누마 데쓰로는 "어머니를 행복하게 한 것은 여러분입니다"라고 인사했다.

10월에는 유골의 일부가 유족의 손에 의해 아라카와 광산 묘원으로 이장되었다. 친아버지 마쓰다 만지로松田萬次郎를 비롯해 가혹한 노동으로 목숨을 잃은 다수의 광산노동자가 눈을 감고 있는 묘지이다. 그들의 사랑과 고난을 한시도 잊지 않은 채 노동을 존중하면서 인권과 평화를 위해 끝까지 투쟁해온 도키코는 이곳의 땅으로 돌아간 것이다. 그것이 이전부터의 소망이었다. 이날 꽃을 손에든 아키타 사람들은 2009년에 '교와協和의 광산과 마쓰다 도키코 문학을 전하는 모임'을 결성, 마쓰다 작품의 독서회를 진행하고 있다. 도쿄에서도 마쓰다도키코회가 '마쓰다 도키코를 얘기하는 모임'을 같이 이끌면서 완결한 『마쓰다 도키코 자선집』(전 10권)을 텍스트로 선정, '마쓰다 도키코의 작품을 감상하는 모임松田解子の作品を味わうつどい'을 개최하고 있다.

마쓰다 도키코의 존재와 그 뜻은 심혈을 기울인 많은 작품을 통해 여전히 사람들의 마음에 남아 있다.

朝日 （夕刊）　第3種郵便物認可

文化

プロレタリア文学を誇りに

風／韻

日露戦争中の19
05年生まれ。少し
耳は遠いが、ゲラに
目を通し、声を張り
がある。プロレタリ
ア文学ひとすじで、
優しい表情が権力批
判のときだけ闘士の顔になる。

秋田県荒川鉱山で生まれてまもなく、
鉱夫だった父は事故で亡くなったの。日
露戦争で増産、増産の犠牲ともいえる。
鉱山の生活は悲惨で母は実家に帰りたか
ったけれど後継ぎのおいに反対された。
やむなく再婚した二番目の夫は癆脈で死
に、三番目の夫は体は丈夫だったけれど
乱暴だった。幼いときから私は、義父が
いやでいやでたまらなかった。

小学校のころ母と柴刈りに行った。見
ると母の顔はあまりにもみじめで、つめ
は鬼のよう、髪はボサボサで。山桜の木
の下でお昼を食べながら「お母、今日逃
げよう」といったら、母は泣いて私を抱
きしめてくれたの。自分の生い立ちを
話して「今晩、お父は帰ってきて暴れる
けれど、明日にはまた、あの（鉱）毒を吸

東京・江古田の自宅で＝金井三喜雄撮影

作家
松田 解子 さん

まつだ・ときこ　秋田女子師範
卒。母親をモデルにした『おりん
口伝』(新日本出版社)で田村俊子
賞。『女人回想』(同) ほか。

って働いてくれる。おかげで、お前も毎
日飯たべて学校に行けるんだ」って説得
してくれた。人は生まれた最初から、自
分で自分の口を糊することはできない。
必ず他の人の力によってしか生きられな
い。そんな思想を母から教えられた。

小学校卒業後、鉱山事務所で働いた。
所長はアメリカで学んだ知識人。会計係
や主任は東大などを出ている。エライさ
んたちと労働者との差別は大したものだ
った。和文タイプをする私の横で、義父
が鼻血が出るまでリンチされたことがあ
り。どこまで殴ることがあるかと思っ
たら、それまでの慣しみの対象が変化し
た。鉱山なればこその階級差別が私の生
き方を決定したのよ。

（1926）年に上京し、翌年に結婚。
苦学して教員になったけれど、大正15
プロレタリア作家同盟には何の抵抗もな

く入った。解子という筆名は解雇からつ
けた。特高からは「生意気なやつだ、解
放からつけたんだろう」って脅された。
小林多喜二の『蟹工船』が出たときは何
とすごい作家だとびっくりした。会って
みれば、ひかえめで静かで落ち着いた人
だった。1933年に多喜二が虐殺された
ときは幼い次男を背負って駆けつけた。
でも警察に連れていかれ、お別れもでき
なかった。多喜二のように自分の思想を
生命化した人は珍しく、一生を通して印
象深い。こういう人がいたと認識したか
らこそ、「権力」の側には服さないとい
う覚悟が、私にもできたのでは？　そん
な気持ちなの、今は。

ソ連崩壊も、本当の共産主義ではなか
ったから起きたことだと思います。スタ
ーリンは自分が一番偉いものになっちゃ
った。権力にただのっかっていても、自分もみ
なと同じ、ただの草や木と同じだと、冷
静に気長に思考する想像力と反省力が要
る。それがないとああいう人はこれから
も、どこの国でも出ると思う。

いま、私は幸せなの。白寿を祝ってあ
げようという人たちがいて、「松田解子
自選集」(全10巻、澤田出版発行、民衆
社発売) も出る。戦後ずっとつけてきた
日記がノート50冊もあって、本にする話
もある。書いておいて本当によかったと
思いますよ。

（インタビュー　編集委員・由里幸子）

▲ 2004년 3월 6일 자 『아사히신문(朝日新聞)』 석간 인터뷰 : 성장 과정과 다키지에 대한 추억 등을 얘기했음은 물론, 마지막에 "지금 나는 행복하다. 백수를 축하해주려는 사람들이 있고 「마쓰다 도키코 자선집」(전 10권, 사와다출판 발행, 민중사 발매)도 나온다. 전쟁 후 계속 써온 일기가 노트 50권에 달해 책으로 묶자는 얘기도 있다. 써두어서 참으로 다행이었다고 생각한다"고 증언했다.

풍운(風韻) 프롤레타리아문학을 자랑삼아

작가 마쓰다 도키코

아키타여자사범 졸업. 어머니를 모델로 그린 『오린 구전』(신일본출판사)으로 다무라 준코상. 『여인회상』(동) 외.

러일전쟁 중이던 1905년에 태어났다. 약간 귀가 안 들리지만 교정지를 훑어보고 목소리에도 힘이 있다. 줄곧 프롤레타리아문학을 해왔다. 부드러운 표정이 권력비판을 보일 때만은 투사의 얼굴이 된다.

□　　□

아키타현 아라카와 광산에서 태어난 후 얼마 지나지 않아 광부였던 아버지가 세상을 떴다. 러일전쟁 중이었으므로 증산 때문에 희생되었다고 할 수 있다. 광산생활은 비참해서 어머니는 친정으로 돌아가고 싶었는데 집안의 뒤를 잇는 조카가 반대했다. 도리 없어서 재혼했지만 두 번째 남편은 진폐증으로 숨졌다. 세 번째 남편은 몸은 건강했는데 난폭했다. 어릴 때부터 나는 의부가 너무 싫어서 견딜 수 없었다.

초등학생 시절 어머니와 함께 나무하러 갔다. 보니까 어머니의 얼굴이 너무나 초라했다. 손톱은 귀신같았고 머리칼은 부스스한 모습이었다. 산벚나무 아래에서 점심을 먹으며 "어머니 오늘 도망쳐요"라고 했더니 어머니는 울면서 나를 안아주었다. 자신의 성장과정을 얘기하며 "오늘 밤 아버지는 돌아와서 폭력을 휘두르지만 내일 또 그 광독을 마시면서 일하지. 덕분에 너도 매일 굶지 않고 학교에 갈 수 있는 거야"라고 설득했다. 사람은 태어나서부터 스스로 입에 풀칠을 할 수는 없다. 반드시 다른 사람의 힘에 의지해 살아갈 수밖에 없다. 그런 사상을 어머니에게 배웠다.

초등학교 졸업 후 광산사무소에서 일했다. 소장은 미국에서 배운 지식인이었다. 회계담당과 주임은 도쿄대 출신이었다. 훌륭한 사람과 노동자 사이의 차별이 심했다. 일문 타이핑을 하는 내 옆에서 의부가 코피를 쏟을 때까지 린치를 당한 적이 있었다. 이렇게 두들겨 팰 수 있을까 하고 생각하니 증오의 대상이 바뀌었다. 광산이니까 이렇게 계급차별이 있다는 사실이 나의 삶의 방식을 결정했다. 고학해서 교원이 되었다. 하지만 1926년에 상경해 다음해에 결혼했다. 프롤레타리아작가동맹에 어떠한 거부감도 없이 들어갔다. 도키코라는 필명은 해고당하니까 붙였다. 특별고등경찰은 "건방진 년, 해방에서 따서 붙였지?"라고 위협했다.

고바야시 다키지의 『게 가공선蟹工船』이 나왔을 때 대단한 작가라는 생각이 들어서 깜짝 놀랐다. 만나보니 겸손하고 조용하고 침착한 사람이었다. 1933년 특별고등경찰에게 학살당했을 때는 어린 차남을 등에 업고 달려갔다. 하지만 경찰에게 연행되어 이별인사도 하지 못했다. 다키지처럼 자신의 사상을 생명화한 사람은 드물어서 평생 동안 인상 깊게 생각할 것이다. 이러한 사람이 있었기에 '권력' 측에는 굴복하지 않겠다는 각오가 내게도 생긴 것 아닐까? 지금 그러한 느낌이 든다.

소련 붕괴도 진정한 공산주의가 아니었기 때문에 일어났다고 생각한다. 스탈린이 가장 훌륭한 사람이 되어버렸다. 권력을 갖더라도 자신도 모두와 같다고, 그저 풀이나 나무와 같다고 냉철히 사고하는 상상력과 반성하는 마음이 필요하다. 그런 자세가 없다면 그런 사람이 앞으로도 어느 나라에서나 나올 것이라고 생각한다.

지금 나는 행복하다. 백수를 축하해주려는 사람들이 있고 『마쓰다 도키코 자선집』(전 10권, 사와다출판 발행, 민중사발매)도 나온다. 전쟁 후 계속 써온 일기가 노트 50권에 달해 책으로 묶자는 얘기도 있다. 써두어서 참으로 다행이었다고 생각한다. (인터뷰 편집위원 - 유리 사치코由里幸子)

▲ 2004년 4월 『마쓰다 도키코 자선집』 제6권 『땅밑의 사람들』을 제1회로 배본을 시작(99세). 같은 해 11월에 제3권 『여자가 본 꿈』이 간행되어 마쓰다 도키코는 생전에 이 2권을 손에 쥐었다. 2009년 7월 전 10권 완간 (발매: 민중사, 발행: 사와다출판, 편집, 해제·해설은 에자키 준江崎淳)

２００４年４月１２日（月曜日）　　しんぶん　赤　旗

白寿を前に出版相次ぐ

月曜インタビュー

作家
松田　解子 さん

まつだ　ときこ＝１９０５年７月生まれ、作家。日本民主主義文学会会員。『おりん口伝』で田村俊子賞、多喜二・百合子賞受賞。『おりん母子伝』『桃割れのタイピスト』『松田解子全詩集』など。

文化　学問

幼い魂に刻まれた母の優しさ
文学とは本当に生きること

文・牛久保建男記者
写真・楠橋高嗣記者

▲ 2004년 4월 12일 자 『신문 아카하타』의 「월요 인터뷰」: 『마쓰다 도키코 자선집』 간행에 즈음해 제1차 배본 『땅밑의 사람들』을 언급, "하나오카 사건에 대한 착수는 작가로서의 전후 기점이 되는 작업"이라고 말했다.

『신문 아카하타』(2004년 4월 12일)

어린 영혼에 새겨진 어머니의 자상함
문학이야말로 진짜로 사는 것

작가 마쓰다 도키코

1905년 7월 출생. 작가. 일본민주주의문학회 회원
『오린 구전』으로 다무라 준코상, 다키지·유리코상 수상
『오린 모자전』, 『모모와레의 타이피스트』, 『마쓰다 도키코 전시집』 등

마쓰다 도키코 씨의 멋있는 동화집『분홍색 다브 다브 씨』(신일본출판사)가 간행되었습니다. 평이한 문장에서 인간의 아름다움, 생명에 대한 찬가가 떠오릅니다. 이제 99세로 백수의 축하회를 앞두고 있는 마쓰다 씨는 젊어 보이는 표정으로 인생과 문학에 대해서 얘기해주셨습니다.

월요 인터뷰

자택 뒤에 마쓰다 씨의 작업실이 있습니다. 천천히 걷더니 "이봐, 이렇게 예쁘게 피었네"라고 하며 현관 앞의 산뜻한 튤립 꽃을 바라봅니다. 태어나고 자란 아키타의 광산에서는 풍년화가 봄에 제일 먼저 피는 꽃이랍니다.

"내 인생은 유년 시절이 가장 심각했죠. 진짜 아버지의 얼굴을 알지 못했어요. 내가 태어나고 얼마 지나지 않은 러일전쟁(1905)의 해에 아라카와 광산에서 운반부로 일하던 아버지가 사고로 목숨을 잃었습니다. 어머니는 친정으로 돌아가고 싶었지만 당시 농촌이 피폐해서 친정의 대를 이을 조카며느리가 와서 들어오지 말라는 겁니다. 어머니의 두 번째 남편은 진폐증으로 세상을 떴죠. 세 번째 남편은 광산노동자였는데 폭력을 휘두르는 사람이었죠. 어린 영혼은 매우 민감하다고 할까요. 당시 어린 나의 영혼에 어머니의 모습은 너무나 초라하게 보였죠. 하지만 어머니는 그런 불행한 환경 속에서도 풍부한 감수성으로 훌륭하게도 나를 이끌어주셨죠. 자상한 분이었습니다. 그 어머니가 체내로 들어와 이러한 작품을 쓰게 해주었어요."

슬픔과 자상함

부엌의 흐린 물이 흐르는 곳에서 자줏빛 꽃을 발견하고서 "하나야, 이건 용담꽃이야". 밤중 변소에 가는 길에 추워서 벌벌 떨고 있는데 어린 마쓰다 씨에게 말을 걸었죠. "보름달이네, 소원을 빌어볼까……." 기억에 남은 어머니의 말씀입니다. 1950년부터 1961년까지 교도共同통신사를 통해 지방신문에 실린 작품을 모은 동화집에는 이 어머니의 자상함과 감수성이 그 밑바탕에 깔려 있어요.

"어머니의 자상함일 뿐만 아니라 이건 일본 서민의 어머니의 자상함이죠. 노동자 남편을 여의고 힘

든 처지에 놓이면 누구나 그렇게 슬픔과 자상함을 지니게 되어요. 내 어머니의 경우엔 이 애를 의부의 손에서 키워야 된다고 하는 연민을 가득 지니고 있지 않았을까요."

전 10권의 『자선집』(사와다출판 발행, 민중사 발매)의 간행이 시작되었어요. 그 제1회 배본이 『땅밑의 사람들』입니다. 1944~1945년에 아키타현에서 일어난 하나오카 사건. 그 사건을 그린 작품을 축으로 사건 관련 르포, 에세이를 엮은 것입니다. "하나오카 사건에 대한 착수는 작가로서의 전후 기점이 되는 작업이었죠. 1950년에 현지를 방문해 갱내의 안쪽 끝까지 들어갔어요. 이 광산에서 기사로 근무한 적이 있는 사람에게서 미리 자세히 들었는데 실제로 들어가 보니 들은 이상으로 위험한 광산이었죠. 목숨을 걸어야 했습니다. 사고가 일어나면 나도 당합니다. 하지만 내가 자란 현에 있는 광산이라는 점, 고바야시 다키지가 자란 현이라는 점에서 마음이 고조되었고 이중으로 나를 분기시켰어요. 다키지가 살아 있다면 이 사건에 관심을 지닐 것임은 물론이죠. 모습이 보이는 듯합니다. 그 분이 분노하는 모습이 눈에 보이는 것 같습니다."

하나오카 사건 : 태평양전쟁 말기 아키타현 오다테시의 가시마구미鹿島組 하나오카출장소에 강제 연행된 중국인이 노예노동과 학대로 잇달아 목숨을 잃고 봉기를 일으킨다. 하지만 전원 체포되어 다수의 희생자가 발생한 사건. 1944년 8월부터 다음해 4월까지 희생자는 419명에 이르렀다.

교류한 작가들

마쓰다 씨는 지금까지 한 세기 가까이를 보내왔는데 전부터 교류를 해온 작가에 대해 잘 기억한다고 합니다. 장편소설 『이시카리강石狩川』을 남기고 세상을 뜬 혼조 무쓰오本庄陸男에 대해서는 고바야시 다

키지와 함께 기억의 깊은 곳에서 떠오른다고 말합니다. "혼조 씨는 프롤레타리아문학에서 민주문학으로 옮기는 지붕을 지고 걷던 사람이죠. 난 다키치 다음으로 잘 기억해요. 혼조 씨는 부인이 몸이 약해져 자신이 소매를 걷어붙이고 우물에서 물을 길어 쌀을 씻었죠. 곁에서 지켜봐서 알고 있어요. 그리고 『이시카리강』이라는 훌륭한 대작을 완성했죠. 생각하면 눈물이 납니다."

"문학이란 참으로 삶 그 자체를 의미할 겁니다. 한마디로 말하면 무엇 때문에 살까요? 인간이란 본래 어떠한 존재일까요? 인간으로서의 삶이 주어졌으니 살고 싶다는 그러한 의미일까요? 미쓰비시 광산에서는 훌륭한 사람과 훌륭하지 않은 사람이 하늘의 자연법칙처럼 존재해요. 어째서 그것이 하늘의 자연일까? 왜일까? 이상하다는 그런 의문이 문학을 향하죠."

마쓰다 씨는 몸을 내밀고 팔짱을 끼고 다리를 꼰채 의지가 담긴 눈으로 계속 이야기합니다.

"이제 며칠, 몇 년을 살지 모르겠지만 자선집을 인생의 마무리로 낼 수 있기에 고맙습니다, 이것도 운동이죠, 문학운동의 덕분이에요. 자위대 파병을 생각하면 한마디로 말하기 어려울 정도로 고통스런 기분이죠. 이런 시기에 책을 내주고 축하회를 열어주니 민망한 생각이 많이 듭니다. 나는 아직 살아 있는 만큼 지금 힘든 상황에서 도와주고 계시는 여러분에게 작품집은 천천히 내달라고 말씀드립니다."

글 - 우시쿠보 다쓰오牛久保建男 기자
사진 - 가타오카 시키片桐實喜 기자

▲▶ 2004년 4월 200여 명이 참가해 '백수를 축하하는 모임'을 개최(도쿄·아주르 다케시바)

▶「분홍색 다브다브 씨」는 물려받은 옷을 입고 있던 딸에 붙여진 별명(가을에는 완전히 분홍색과 같은 모습이 되었네요)이라고 어머니의 자상한 말투로 쓰여 있다. 1958년 8월 10일 자 『기후(岐阜)타임즈』(현 『기후신문』)에 게재

『분홍색 다브다브 씨』

백수를 맞이할 즈음에 출판된 동화집 『분홍색 다브다브 씨(桃色のダブダブさん)』(2004년 3월, 신일본출판사 간행).

동화는 전쟁 전부터 썼는데 여기에 수록된 것은(1948년의 1편을 제외하고) 1956년부터 1961년에 걸쳐 마쓰다 도키코가 하나오카 사건, 마쓰카와 사건의 대처와 『오린 구전』 집필 준비로 고생한 시기에 교도(共同)통신사 기자의 배려로 지방신문에 실린 22편의 동화. 스크랩북에 붙여서 자신도 잊고 있었던 수많은 동화를 되살린 한 권의 책.

▲ 2004년 7월(99세) 참의원 선거 : 자택 근처의 상점가로 가두연설을 들으러 가서 일본공산당의 고이케 아리카(小池晃) 후보와 악수

▲ 손녀딸, 애견 가이(ガイ)와 함께 자택 현관 앞에서(99세)   ▲ 지역 유지가 휠체어에 태워 미는 모습

『마쓰다 도키코 백수의 행로』

평론가 신후네 가이사부로新船海三郎의 인터뷰를 정리한 『백수의 행로』(2004년 7월, 혼노이즈미샤本の泉社 간행).

「살고」, 「투쟁하고」, 「사랑하고」, 「쓰고」의 4장을 통해서 "인생의 전반기를 거의 전쟁으로 보내고 지금 또 전쟁터에 일본군이 출전하는 모습을 괴로운 심정으로 바라보고 있는 노인 작가"의 살아온 감회와 진심이 담겼다. "테러와 전쟁의 근절을 이 새로운 세기의 초입에서 실행할 수 있을까? 실행하고 싶다"라는 말로 글을 맺었다.

▲ 2004년 7월 25일 유지들이 '마쓰다 도키코를 초청하는 모임'을 개최해 '마쓰다도키코회'가 발족 : 사진은 발족 당시 도운 멤버들

'마쓰다도키코회'의 회보

2004년 12월 18일에 제1호 발행, 그 8일 후에 마쓰다 도키코 서거. '마쓰다 씨의 삶과 문학을 전하고 기록하는' 것을 목적으로 삼아 2014년에 20호를 발행했다. 『회보』는 독자들의 기금으로 발행이 이어지고 있다.

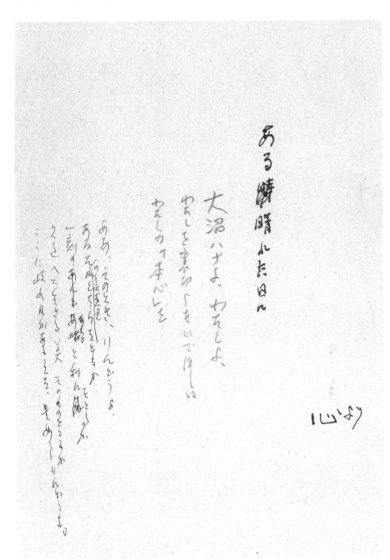

▲ 2004년 12월 26일 99세 5개월의 생애를 마감했다. 서재의 책상 위에 남겨진 메모

어느 맑은 날에

나의 본심을
나를 배반하지 말아다오
오누마 하나여, 내 자신이여
아아 그 당시의 인륜이여
그대의 미적 감각은 어느 쪽을 취할까
일각의 안도와 실리를 취할까
영원히 사는 아름다움 그 자체를 취할까
여기에 갈림길이 있음을, 그대 ── 인륜이여.

진심으로

▲ 2004년 12월 29일 대설이 내린 나카노구 쇼호지(正法寺)에서의 고별식 : 이틀간에 500여 명의 참석자가 작별을 아쉬워했다.

눈 속의 고별 마쓰다 도키코 씨 – 2004년 12월 29일 · 나카노 호쇼지

우스다(碓田) 노보루

눈이 펑펑 내리는 절에 와서
작별의 향을 태우고 간다

조용히 조사(弔辭)를 듣는 나의 우산에
손이 무겁게 계속 내리는 눈발

99세 생애를 이곳에서 달성하는가
눈은 펑펑 꽃처럼 내리고

사람이 인간 되는 그대의 문학투쟁
반짝반짝 비치는 눈발의 고별

나의 노래가 이어가는 것은 무엇일까
조용히 내려 쌓인 눈길을 돌아간다.

▲ 2005년 10월 고향 아키타 아라카와 광산 묘지에 분골: "광산의 흙이 되고 싶다"는 생전의 유언을 반영해 곤노 사토시가 묘표를 설치

▲『신문 아카하타』 2005년 1월 21일 자에 게재

마쓰다 도키코를 얘기하는 모임

'마쓰다도키코회'의 주요 활동인 마쓰다 도키코를 얘기하는 모임은 2005년 4월 제1회를 일본청년관에서 개최했다. 제1부에서는 요시카이 나쓰코吉開那津子, 오카다 다카코岡田孝子, 곤노 사토시, 스즈키 쇼지鈴木章治, 다카하시 히데하루高橋秀晴를 중심으로 패널디스커션 형식을 취해 마쓰다 도키코의 인간과 문학, 그 생애에 대해 보고했다. 이에 대해 문제 제기가 있었으며 100명의 참가자에게서도 발언이 이어졌다.

제2회는 묘지참배와 병행해서 개최했다. 마쓰다 도키코를 얘기하는 모임은 다음해인 2006년 이후 1년에 한 번 고인과 친했던 사람들의 얘기를 듣는 형식으로 다음처럼 진행했다.

제3회 나가이 기요시永井潔의 '마쓰다 도키코 씨의 『행복』론', 제4회 야마구치 요시오山口義夫의 '상업지역 인간 서민문화상과 마스다 도키코 씨', 제5회 오쓰카 가즈오大塚一男의 '마쓰카와의 투쟁과 마쓰다 도키코 씨', 제6회 도이 다이스케土井大助의 '시인으로서의 마쓰다 도키코 씨', 제7회 야마자키 하지메山崎元의 '국회도서관과 마쓰다 도키코 씨', 사토 기미코佐藤貴美子의 '도키코 씨에게서 받은 선물', 제8회 스즈키 쇼지의 '도쿄전력의 사상차별문제와 마쓰다 도키코 씨', 제9회 도가시 야스오富樫康雄의 '하나오카 사건과 마쓰다 도키코 씨', 제10회 야마다 젠이치로山田善一郎의 '일본의 구원운동과 마쓰다 도키코 씨'.

▲ 2005년 12월 제2회 '마쓰다 도키코를 얘기하는 모임' : 쇼호지

▲ 2005년 4월 제1회 '마쓰다 도키코를 얘기하는 모임'에서의 패널디스커션

▲ 2011년 1월 『마쓰다 도키코 자선집』 전 10권 완결을 계기로 '마쓰다 도키코의 작품을 감상하는 모임' 발족

교와協和의 광산과 마쓰다 도키코 문학을 전하는 모임

2009년 7월 '교와의 광산과 마쓰다 도키코 문학을 전하는 모임'이 고향 아키타에서 발족했다.

마쓰다 도키코 문학기념실이 있는 다이센시의 다이세이칸에서 총회가 열려 지역에서 60여 명이 참가했다. 심포지엄에서는 아키타현 역사연구협의회 사무국장 구도 가즈히로工藤一紘가 『땅밑의 사람들』에서 『오린 구전』으로 비약', 마쓰다 도키코의 장녀 하시바 후미코橋場史子가 '어머니 마쓰다 도키코를 얘기한다', 일본광업사연구회의 신도 고이치進藤孝一가 '미야타마타宮田又 광산 개발의 역사와 전시'라는 테마로 발언했다. 회보는 2014년 8월에 21호를 발행했다.

▲ 아키타방송에서 다큐멘터리 〈마쓰다 도키코 사랑과 투쟁의 인생〉을 방영(2005.2.26), 감독 다쓰타 아쓰코(立田厚子)가 그 전날 발행된 『신문 아카하타』에 기고했으며 "마쓰다 씨의 언어는 관념이나 이론이 아니다. 실체험에 바탕을 둔 본심에서 나온 외침이다. 그것은 사상, 신조를 뛰어넘어 만인에게 호소하는 힘을 지니고 있다"고 적었다.

『젖을 팔다 아침 이슬』

고단사講談社 문예문고 『젖을 팔다 아침 이슬』은 마쓰다 도키코 사후 2005년 10월 간행. 전쟁 전에 발표한 「도망친 딸」, 「출산」, 「젖을 팔다」, 「목욕탕 사건風呂場事件」, 전쟁 중에 발표한 「언니 마음姉こころ」, 「스승의 그림자師の影」, 「아침 이슬」, 전쟁 후에 발표한 「산벚나무의 노래」, 「살아 있는 것들과生きものたちと」라는 대표적 단편 9편을 수록. 해설 「인간의 존엄을 묻는다」에서 다카하시 히데하루는 "문학성과 정치성의 고차원에서 양립 내지 융합을 이루었다"고 그 문학의 의미를 설명했다.

첫 발표한 연보, 저서 목록(둘 다 에자키 준이 작성)도 마쓰다 도키코 문학의 이해를 돕고 있다.

(후카오 교코 촬영)

마쓰다 도키코 간략 연보

「　」…작품 발표　『　』…저서 간행
역자 주 고유명, 지명 등의 일본어 한자는 〈마쓰다 도키코 연보〉(『땅
밑의 사람들』, 범우사, 2011)에 상세히 실려 있으니 비교, 참조할 것.

1905　7월 18일 아키타현 센보쿠군 아라카와 마을 아라카와 438번지(아라카와 광산, 현 다이센
시)에서 아버지 마쓰다 만지로松田萬次郎와 어머니 스에ㅈㅍ의 장녀로 출생. 본명은 하나.
오빠 만주萬寿는 1902년 5월 출생. 9월에는 포츠머스 조약으로 러일전쟁 종결.

1906 / 1세　5월 마쓰다 만지로, 광산 노동 중 사망.

1907 / 2세　어머니는 광산에 남기 위해 6명의 아이가 있는 광부와 재혼하지만 얼마 후 사별. 오빠를
조부모의 집에 남겨두고 노무자 합숙소의 상사이자 정련소에 근무하는 다카하시 기이
치高橋喜市와 결혼.

1909 / 4세　3월 여동생 기요ㅋㅋ 출생.

1912 / 7세　4월 다이세이보통고등초등학교 입학.

1914 / 9세　7월 제1차 세계대전 개시.

1917 / 12세　러시아에서 10월 혁명이 일어나 노무자합숙소에서 화제가 됨.

1920 / 15세　3월 초등학교 고등과 졸업. 일본적십자 간호사 견습시험에 합격하지만 광산사무소의
명령으로 타이프라이터 치는 일을 하며 대학강의록을 수집해서 독학.

1923 / 18세　4월 아키타여자사범 본과 제2부 입학. 사회과학의 학습회에 입회. 9월 관동대지진이 발
발. 오빠는 징병을 기피해 대만으로 건너감.

1924 / 19세　3월 아키타여자사범학교 졸업. 4월 모교의 초등학교로 부임. 8월 아라카와 광산을 방문
한 이토 에노스케伊藤永之介를 우가이자와歟沢 갱도로 안내.

1925 / 20세　4월 치안유지법 공포.

1926 / 21세　3월 상경. 한때 다키노가와무라타바타滝野川村田端의 숙부 미야자키 지스케宮崎治助의 집
에 기거. 오스키 사카에大杉栄의 '노동운동사'를 방문해 후루카와 미키마쓰古河三樹松에게
서 '도쿄자유'의 오누마 와타루를 소개받음. 4월 일본노동조합평의회 제2회 대회 방청.
5월 처음으로 메이데이(제7회)에 참가. 12월 노동운동가 오누마 와타루와 결혼. 고마쓰
가와마치小松川町 지히라이字平井에 거주. 7일째에 다이쇼천황 사망으로 가택수사를 받고
오누마는 검거.

1927 / 22세　5월 제1차 산동山東 출병. 한겨울에 장남 데쓰로를 출산. 오누마는 '알자리를 보장하라'
는 삐라 배포 중에 체포, 하라니와原庭서에 구류 중이었음.

1928 / 23세　3월 15일 일본공산당에 대한 대탄압. 17일의 가택수사로 『공산당선언』 복사노트가 발견
되어 장남과 함께 고마쓰가와小松川서에 검거. 4월에 시「유방」, 5월에 시「원시를 사모한

다」, 소설 「도망친 딸」 발표. 6월 소설 「출산」이 입선. 8월 「초원의 밤」 발표. 10월 시 「갱내의 딸」, 「어머니여」 발표. 12월 평론 「주인아줌마와 『지난おかみさんと『濟南』」 등을 발표하며 집필활동 개시. 10월부터 핫토리시계가게의 관리 집에서 유모 생활을 함.

1929 / 24세 1월 이즈오시마의 사시키치보통고등초등학교의 대리 교원이 됨. 2월 일본프롤레타리아작가동맹에 가입. 7월 「고바야시 다키지 씨에게」를 발표. 8월 「젖을 팔다」를 발표. 10월 『여인예술』이 모집한 '전여성진출행진곡'에서 2등으로 입선(다음해의 『여인예술』 1월호에 발표), 한겨울에 오시마로 돌아옴.

1930 / 25세 1월 혼조구의 도준카이 야나기시마아파트로 거처를 옮김. 이 해부터 본격적으로 집필활동을 개시. 3월 야마다 고사쿠가 작곡한 〈전여성진출행진곡〉을 콜럼비아레코드에서 발매. 고바야시 다키지 상경 환영회에 참가. 10월 차남 사쿤도 출산.

1931 / 26세 6월 무산자 산아제한동맹의 창립대회에서 발기인으로 이름 올림. 9월 만주사변 발발, 중국북동부를 향해 침략 개시. 거처를 가메이도 2가로 옮김. 12월 특별고등경찰이 퇴거하라고 협박해 가메이도 1가로 되돌아옴.

1932 / 27세 1월 상해사변 발발. 3월 가메이도초 1가丁目 94번지로 이주. 정부는 괴뢰정권 '만주국' 건설을 선언. 4월 작가동맹 제5회 대회 기념 『프롤레타리아문학』 4월 임시호에 「어떤 전선」을 발표. 여름 요코하마에서 에구치 간, 오야 소이치大宅一, 고바야시 다키지와 함께 강연. 8월 일본과 조선의 부인들과 함께 '고메 요코세(쌀을 내놔라) 운동'에 참가. 작가동맹 도쿄지부 주최의 제2회 프롤레타리아문학 강습회에서 창작 체험담 강사로 활약.

1933 / 28세 1월 이와타 요시미치 학살(1932.11)을 접하고 시 「데스크마스크에 부처」를 발표. 2월 세키 도시코의 검거 소식을 접하고 시 「빼앗긴 사람에게」를 발표. 20일 고바야시 다키지 학살. 다음날 에구치 간에게 전보를 받고 조문, 차남과 함께 스기나미 경찰서로 연행됨. 5월 후카가와深川, 기바木場 노동자의 문학 서클 건으로 스사키 경찰서에 검거. 오누마는 노동운동 건으로 검거. 영화사 쇼치쿠松竹 소속의 미즈노에 다키코 일행의 파업을 지원. 8월 가메이도에서 에도가와구 히라이로 이사. 10월 장편 『여성의 고통』 발표.

1934 / 29세 2월 작가동맹 해산. 3월 도시마구 나가사키 히가시초 1-1326번지로 이전. 6월 『문학평론』 창간. 「톱밥」의 51곳, 829자 삭제 탄압을 받음. 10월 『부인문예』 발간기념 강연회에서 강사를 맡음. 이 해 시마자키 도손의 문하생 요시다 세이코의 집에서 은밀히 「국가와 혁명」의 연구회를 진행.

1935 / 30세 1월 장편 「시골사람」(『부인문예』 연재) 발표. 5월 부인평론 「근대의 연애」 발표. 12월 시집 『참을성 강한 자에게』 출간. 같은 달 에구치 간 등과 프롤레타리아작가의 요코하마 조직

'독립작가 클럽' 창설. 이 해 도시마구 나가사키 히가시초 1-878번지로 이전.

1936 / 31세 1월 르포 「도쿄시전의 직장방문기」(만화·모리구마 다케시森熊猛) 발표. 3월 전쟁 전 최후의 '국제부인데이'를 요시다 세이코의 자택에서 극비리에 개최. 4월 도시마구 나가사키 히가시초 2-727번지로 이전. 8월 평론 「고리키의 추도호」 발표. 11월 20일 아키타현 오사리자와 광산에서 광재댐이 붕괴, 다음날 저녁 급히 현지를 방문.

1937 / 32세 1월 오사리자와 사건의 르포 「천 명의 산 영혼을 집어삼키는 죽음의 유화 진흙탕 속을 간다」, 「오사리자와 사건 현지 보고」를 발표. 7월 '노구교 사건'을 시초로 하여 중국에 대한 전면적인 침략전쟁 개시. 10월 장편 『여성선』 출간.

1938 / 33세 4월 국가총동원법 공포. 6월 평론집 『어린애와 함께』 간행.

1939 / 34세 이 해 도시마구 지하야초千早町 1-34-6으로 이전. 오누마와 별거.

1940 / 35세 6월 단편집 『어리석은 향연』 출간. 9월 장편 『방랑의 숲』, 평론집 『여자의 화제』 출간. 11월 단편수상집 『꽃의 사색』 출간. 12월 니가타 오빠의 절에서 요요기우에하라代々木上原의 아파트로 복귀.

1941 / 36세 2월 단편집 『스승의 그림자』 출간. 5월 장편 『여자가 본 꿈』 출간. 6월 의붓 누이동생 기요의 남아키타군 후나코시초船越町에 임시 기거함. 7월 후나고시초 사쿠라바桜庭에 임시 기거, 여기에서 「아침 이슬」 집필. 12월 8일 하와이 진주만공격, 미영에 선전포고. 삿포로의 오누마가 예비구금으로 검거돼 석방운동, 생활재건에 착수.

1942 / 37세 산업조합중앙회에서 일함. 5월 일본문학 보국회 결성. 6월 장편 『바다의 정열』 출간. 9월 단편집 『아침 이슬』 출간. 가을에 만주각지의 개척단과 병사의 위문여행.

1943 / 38세 이 해 남편 오누마, 어린애와 함께 나카노구 에코다 4-1531번지로 이전.

1944 / 39세 3월 장편 『여농부의 기록農女の記』 출간.

1945 / 40세 5월 니가타 체재 중에 25일의 공습으로 나카노구의 가옥을 소실. 다음날 부근의 에코다로 이사. 8월 15일 패전. 9월 셋째 후미코 출산. 12월 「쾌청한 가을 날씨」 연재. 지역부인들과 식량 확보투쟁을 개시, 국회에 진정. 연말에 탄생한 신일본문학회에 가입.

1946 / 41세 2월 일본공산당에 입당. 3월 중순, 전후 최초(제국헌법하 최후)의 중원의원 선거로 두 사람의 일본공산당 후보 응원을 위해 아키타행. 4월, 「헌법초안과 부인」 발표. 5월 평론 「농촌부인을 위해서」 발표. 황실 앞의 식량 메이데이에 참가. 11월 「신민법과 남녀평등론」 등 발표.

1947 / 42세 4월 5일 투표가 진행된 아키타현 지사 선거 후보인 스즈키 기요시鈴木清를 사카이 도쿠조坂井徳三와 함께 지원. 25일 투표가 진행된 제23회 총선거에 아키타 2구에서 일본공산

당이 공인한 오누마 하나라는 이름으로 입후보.

1948 / 43세   6월 「꼬리尾」, 르포 「메이데이 참가기」를 발표. 신일본문학회 주최의 문예강연회에서 강연. 9월 나카노구 부인단체협의회가 결성, 총회에서 부인민주클럽 위원장 마쓰오카 요코松岡洋子 등과 함께 강연. 11월말 제24회 총선거 후보 스즈키 기요시 지원을 위해 아키타행. 12월 지난해 중지된 2·1총파업의 공동투쟁회의 의장 이이 야시로伊井弥四郎가 점령군정령 위반 용의로 체포, 투옥되어 이이의 가족, 유지들과 석방운동을 전개.

1949 / 44세   7월 르포 「참수 지대를 가다首切り地帯を行く」 발표. 7월 15일 미타카 사건, 8월 17일 마쓰카와 사건 발생. 9월 부인평론 「세계의 부인과 함께 – 국제민주부인 연맹으로」를 발표.

1950 / 45세   1월 코민포름 「일본의 정세에 대하여」 발표. 아키타 하나오카에서의 중국인 학대·학살 사건을 『화교민보』와 『아카하타』를 통해 앎. 2월 「미타카 사건의 공판을 방청하고」를 발표. 6월 맥아더가 일본공산당 중앙위원 24명, 『아카하타』 편집위원 17명을 추방. 이 탄압을 계기로 일부의 간부가 의견을 달리하는 중앙위원을 배척하고 비공식적 체재로 이행, 중앙위원회를 해체. 25일 한국전쟁 발발. 『아카하타』는 1개월간 발행 정지. 7월 한국전쟁 반대 전면 강화를 요구하는 단식투쟁이 니가타 공공직업안정소에서 전개됨. 시 「7월의 기록」을 발표. 8월 전일본금속광산노동조합연합회 대회를 방청하고 하나오카 노조 대표 두 사람을 자택으로 불러 청취. 9월 하나오카 광산을 방문해 도야시키 갱 내를 견학. 11월 르포 「결핵과 싸우는 사람들」을 발표. 아사쿠사 혼간지本願寺에서의 하나오카 사건 영령 위령제에 참가. 12월 생활보호를 받음. 마쓰카와 사건 제1심에서 전원 유죄판결.

1951 / 46세   1월 미야모토 유리코 급사, 장례식에 참가. 「하나오카 광산을 찾아서」를 발표. 7월 석방된 마쓰카와 사건 피고 니카이도 소노코二階堂園子를 맞이한 좌담회. 9월 샌프란시스코 강화조약 조인과 함께 미일안보조약 체결. 하나오카 사건을 소재로 「땅밑의 사람들」을 『인민문학』에 연재. 10월 미야기宮城구치소에서 마쓰카와 사건 피고 19명을 면회하고 문집 발행에 대해 상담 및 격려. 르포 「마쓰카와 사건 피고와 가족을 방문하여」를 발표. 어머니 스에 사망(17일). 11월 『진실은 벽을 뚫고』 간행.

1952 / 47세   1월 시라토리 사건, 5월 메이데이 사건이 발생하자 구원운동에 참가. 5월 생활보호 중지. 9월 메이데이 사건 제1회 공판을 방청.

1953 / 48세   2월 '중국인포로순난자 위령실행위원회' 결성, 중앙상임이사가 됨. 3월 『땅밑의 사람들』 간행. 5월 유골송환단의 부인 대표로 선출. 6월 시 「조선 휴전」 발표. 7월 하나오카 사건 피해자 유골 제1차 송환 위해 구로시오마루 배로 고베항을 출발. 텐진에서 각계 대

표 2천 명이 참가한 추도대회 개최. 14일 귀국. 이후 도쿄와 아키타현 8개소에서 유골송환 경과보고 활동. 르포 「유골을 보내며」를 발표. 12월 마쓰카와 제2심에서 17명 유죄.

1954 / 49세   3월 1일 미국이 마셜제도에서 수소폭발 실험, 제5 후쿠류마루福竜丸 승무원 피폭. 시 「죽음의 재」 발표. 5월부터 『오린 구전』 집필을 위해 창작노트를 쓰기 시작. 일본국민구원회 나카노 지부 에코다 누마부쿠로沼袋반을 설립.

1955 / 50세   6월 제1회 일본모친대회에 참가.

1956 / 51세   5월 동화 「마리코와 미케」를 『고치신문高知新聞』 등에 발표. 이후 1960년까지 동화 20편 넘게 각지에 발표.

1959 / 54세   8월 『되찾은 눈동자』 발표. 11월 안보개정 저지 제8차 통일행동.

1960 / 55세   이 해 안보조약 개정 저지운동 고양. 6월의 제1차 스트라이크에 560만 명이 참가. 1월 일본국민구원회 나카노 북부지부 기관지 「구원 소식救援だより」 발행 개시. 3월 안보를 소재로 시 「살리는 도장과 죽이는 도장生かすハンコと殺すハンコ」, 중국 『인민일보』에 번역 게재. 4월 안보 반대의 통일행동을 그린 시 「열列」·「6·22」를 중국 『세계문학』 7월호에 번역 게재. 7월 17일 중국인민제 총회의 초대로 홍콩, 광동, 북경, 대련, 상해 등을 차례로 방문한 후 8월 28일 귀국.

1961 / 56세   1월 시라토리 사건으로 오도리大通구치소의 무라카미 구니지村上国治를 면회. 그 후 아바시리網走형무소, 오비히로帯広형무소에 복역 중인 여러 사건의 무고한 피고를 면회. 오타루의 고바야시 다키지의 어머니 세키セキ를 방문. 3월 소아마비용 백신 수입을 추구하는 집회에서 발언, 후생성과 교섭. 4월 하나오카에서 새로 발견된 유골의 제1차 조사단을 결성, 단장이 되어 현지 조사. 5월 시집 『열列』 출간.

1962 / 57세   3월 중국의 작가출판사 간행 『경뢰집驚雷集』에 시 4편 번역 게재. 6월 「뼈」 발표. 10월 '핵무장 반대, 한일회담 분쇄, 기지 철거, 물가인상 반대, 10·21 대통일 행동'.

1963 / 58세   1월 「요코타橫田로」를 발표, 『시인회의』 창간. 9월 최고재판소에서 마쓰카와 사건 전원 무죄 판결 확정. 11월 도쿄 구단九段회관에서의 '위령사업 10주년 중국인포로순난자 중앙위령제 중국홍십자회 대표단 환영회'에서 시 「중국인포로 순난자열사의 영령에」를 '부도ぶどう회'의 야마모토 야스에山本安英가 대독.

1964 / 59세   6월 신일본문학회 제11회 대회에 참가해서 항의성 의견(감상)을 토로.

1965 / 60세   8월 일본민주주의문학동맹 창립대회가 열려 간사로 선출. 9월 베트남침략과 한일조약 반대집회에 참가. 이듬해 9월까지 도쿄도정 르포 「민주도정을 모두의 힘으로」를 연재. 12월 『민주문학』 창간.

1966 / 61세 1~2월 『오린 구전』 연재. 지바千葉현 도미사토富里의 공항반대 결기대회에서 강연. 5월 하나오카에 '일중부재전不再戰 우호비' 건설. 당시 「일중부재전 우호비 앞에」라는 헌시를 발표. 『오린 구전』 간행. 6월 마쓰카와 사건 국가배상청구재판의 공판에서 증인으로 출석.

1968 / 63세 4월 『오린 구전』으로 제8회 다무라 준코상의 수여식에 출석. 5월 도쿄예술좌 제22회 공연 〈오린 구전〉 상연, 베트남 일본우호협회 대표단이 관람. 6월 『속 오린 구전』 간행. 9월 간사이関西예술좌 〈오린 구전〉 상연.

1969 / 64세 2월 『오린 구전』(정편·속편)으로 제1회 다키지·유리코상 수상.

1970 / 65세 8월 마쓰카와 사건 국가배상청구재판에서 승소.

1971 / 66세 '일중부재전 우호비를 지키는 모임' 발족, 고문으로 취임.

1972 / 67세 1월 단편집 『젖을 팔다』 간행. 6월 『땅밑의 사람들』 개정판. 12월 시집 『갱내의 딸』 출간.

1973 / 68세 9월 르포집 『욱신거리는 전후疼く戰後』 발간. 10월 단편집 『또 다른 나날에またあらぬ日々に』 간행.

1974 / 69세 11월 장편 『오린 모자전』 출간.

1975 / 70세 8월 하나오카 사건의 시나리오 「훈장의 강勲章の川」 작자인 혼다 히데오本田英郎와 대담.

1976 / 71세 1월 민사당民社党의 가스가 잇코春日一幸 위원장이 전쟁 전의 치안유지법 등 피고 사건에 관한 반공, 위헌발언. 즉시 『아카하타』에 항의 담화를 갖고 『문화평론』, 『민주문학』 등에 논진을 펼침.

1977 / 72세 7월 장편 『모모와레桃割れ의 타이피스트』 출간.

1978 / 73세 4월 도쿄전력사상차별 철폐투쟁을 지원하는 모임 제2회 총회에서 17명의 대표위원 중 한 사람으로 선출.

1979 / 74세 4월 자전 『회상의 숲』 출간. 10월 『오린 구전』의 문학비 제막식에 200명 참가.

1980 / 75세 2월 제15회 아키타현 다키지제祭에서 강연. 3월 '80 국제부인데이' 오사카 집회에서 강연.

1981 / 76세 2월 NHK교육TV(나의 자서전)에서 〈아득한 동산はるかな鋼山〉 방영. 4, 5월 장편 『당신 속 위선의 모습들(상, 하)』 출간. 10월 호쿠탄유바리北炭夕張 신탄광에서 가스폭발사고 발생.

1982 / 77세 1월 「산벚나무의 노래」 발표. 10월 유바리 방문, 르포 「단풍보다 붉게 타는 결의」 발표.

1983 / 78세 2월 유바리의 르포에 충격을 받은 사람들이 국회도서관 내에 '유바리를 격려하는 단풍 모임'을 결성, 지원활동. 여름 교토의 '신일본부인회' 회원인 주가쿠 아키코寿岳章子 등과 함께 12일간의 유럽여행.

1984 / 79세 7월 한국쌀 수입반대투쟁을 계기로 이바라키현 서부 농촌으로 들어가 요코하마 해상데

모에 참가. 8월 『아카하타』 모스크바 특파원인 차남 사쿤도와 소련을 약 3주간 방문.

1985 / 80세 　7월 단편집 『산벚나무의 노래』 출간. 8월 시집 『마쓰다 도키코 전시집』 출간. 10월 신저서 출판과 팔순을 축하하는 모임을 개최. 11월 「국가기밀법안에 대해서」를 발표. 매스컴 문화·공투 주최의 국가기밀법 반대집회에서 인사. 실업대책사업 개악 반대로 부단련婦団連 회장 구시다 후키, 신일본부인회 회장 이시이 아야코와 함께 노동성과 교섭.

1986 / 81세 　2월 '제5후쿠류마루福竜丸평화협회' 주최의 3·1비키니 사건 기념집회에서 강연. 11월 국철민영화 반대운동의 노동자에게 「바치는 노래」(「대지 깊이大地ふかく」)를 단조 사와에檀上さわえ 씨가 독창으로 부름.

1987 / 82세 　6월 르포 『흙에 듣는다』 간행. 7월 시화집 『발로 쓴 시足の詩 − 시화 10편』 간행. 8월 제 33회 일본모친대회에서 '어머니는 지상에 핵이 아니라 낙원을 추구합니다'라는 테마로 강연.

1988 / 83세 　2월 고바야시 다키지 사후 55주년 기념 모임에서 강연. 4월 대형 간접세에 대해 발언. 6월 전국 진폐재판 투쟁을 지원. 6월 수상집 『사는 것과 문학과』 간행. 9월 제2회 고령자 대회에서 강연. 10월 남편 오누마 와타루 타계(25일).

1989 / 84세 　1월 7일 쇼와천황 사망. 「쇼와 종언, 한 작가의 감상」을 발표. 전국진폐변호단 연락회의 총회에서 강연. '치안유지법 대탄압 3·15 61주년, 4·16 60주년 기념모임'에서 강연. 9월 전쟁 전의 단편집 『마쓰다 도키코 단편집』 출간.

1990 / 85세 　1월 국제부인데이 80주년에서 좌담회.

1991 / 86세 　3월 치안유지법 국가배상요구동맹 제23회 대회에서 중앙본부 고문으로 선임. 11월 전 국농협부인 조직협의회 고문이던 마루오카 히데코丸岡秀子를 추모하는 모임에 참가.

1992 / 87세 　12월 장편 『내일을 품는 여자들』 출간.

1993 / 88세 　4월 도쿄전력의 사상차별 철폐투쟁으로 도쿄전력 본사 항의데모에 참가. 6월 진폐 없애기 전국 도보투쟁 이와키いわき 행동에서 강연. 미수米壽를 축하하는 모임에 참가. 11월 소선거구제 저지의 내용으로 강연.

1994 / 89세 　2월 나가사키 진폐소송 최고재판소 판결일, 가해기업 닛테츠日鉄광업 본사 앞 집회에서 강연. 이시카와지마하리마石川島播磨쟁의단 주최의 IHI(石播)를 이기는 모임 제6회 총회에서 강연. 7월 '가쓰메 데루勝目テル 탄생 100년 사후 10년의 모임'에 참가. 10월 니혼바시日本橋도서관 개관기념전 '하세가와 시구레의 작품전'의 좌담회에서 모치즈키 유리코望月百合子, 히라바야시 에이코平林英子와 좌담.

1995 / 90세 　7월 시집 『참을성 강한 자에게』 복각판 간행. 9월 수상집 『지금도 계속 걸으며』, 『여성

선』복각판 간행. **10월** 졸수를 축하하는 모임에 230명 참가, 〈전여성진출행진곡〉 부름. **12월** 도쿄전력 사상차별철폐 투쟁이 19년 만에 해결.

1996 / 91세 우에노 도쇼구東照宮에 원폭의 불을 켜는 모임의 '제12회 역사의 교훈을 얘기하는 모임'에서 강연. **9월** 가메이도 사건 73주년 추도회에서 강연. **10월** 좌담회 '여인예술의 시절'(모치즈키 유리코, 히라바야시 에이코와 함께). 다음 날 오다테시 시시가모리에 건립된 고바야시 다키지 문학비 제막식에 참가, 오후 제막식 축하회에서 강연. **11월** 시타마치下町인간 서민문화상을 수상.

1997 / 92세 **3월** 『어린애와 함께』복각판 간행. **10월** 와세다대학 교육학부 오카무라 료지岡村遼司 교수의 세미나에서 강의.

1999 / 94세 **6월** '만났을 당시 – 시마자키 고마코島崎こま子 씨에 대한 추억'을 발표. **8월** 마쓰카와 사건 50주년 전국 집회에 참가. **2월** 뉴가이드 라인법 반대집회 참가.

2000 / 95세 **3월** 국제부인데이 '2000년 세계여성행진'의 행진과 집회에 참가. 『부민신문』1000호 기념집회에서 강연. **5월** '5월의 장미콘서트'에서 〈전여성진출행진곡〉 공연. **8월** 자전 『여인회상』간행. **9월** 모치즈키 유리코의 백세를 축하하는 모임에 출석.

2001 / 96세 **1월** 모교터인 다이세이칸에 마쓰다 도키코 문학기념실 개설. 주민센터에서 강연. **5월** 메이데이에 휠체어를 타고 참가. **6월** NHK아키타방송 〈아키타발 라디오 심야편〉에서 '광산에 태어나서 95년'에 대해 얘기함. **8월** 처음으로 아키타의 문화행사 간토竿灯를 봄. **10월** 여성들의 이라크파병 반대 긴자銀座 데모에 참가.

2002 / 97세 **1월** 소설 「어느 갱도에서」 발표. **5월** 나가사키현 후쿠쇼北松에 진폐근절기념비를 건립, 비문 '진폐 없는 21세기를 향해'라는 휘호를 씀. **4월** NPO현대여성문화연구소의 설립 파티에 출석.

2003 / 98세 **8월** 제49회 일본모친대회의 특별기획 '아키타가 낳은 프롤레타리아작가 고바야시 다키지와 마쓰다 도키코'에 참가.

2004 / 99세 **3월** 동화집 『분홍색 다브다브 씨』간행. **4월** 백수를 축하하는 모임에 2백여 명이 참가. 마쓰다 도키코 자선집 제1회 배본 『땅밑의 사람들』이 빛을 봄. 전 10권으로 간행 개시. **7월** 『백수의 행로』간행, 유지들에 의해 '마쓰다도키코회' 결성. **11월** 자선집 제3권 『여자가 본 꿈』간행. **12월** 18일 '마쓰다도키코회' 회보 제1호 발행. 26일 오후 12시 2분 급성심부전으로 서거, 99세 5개월의 생애를 마침.

2005 **2월** 26일 아키타방송이 ABS스페셜 〈마쓰다 도키코 사랑과 투쟁의 인생〉 방영. **4월** 9일 제1회 '마쓰다 도키코를 얘기하는 모임' 개최.

후기

눈이 내린 작별의 날로부터 10년이 흐르고 있습니다.

마쓰다 도키코 사후 10주년을 기념해 사진집을 만들자는 목소리가 '마쓰다도키코회'에서 나왔습니다. 그 후 '마쓰다도키코회'에서는 편집위원회를 구성한 뒤 약 1년 반 동안 책의 제작에 전념해왔습니다.

메이지에서 헤이세이까지의 격동의 1세기, 목숨이 붙어 있는 한 계속 쓰며 행동한 작가의 생애를 사진과 함께 그 역사적 자취를 더듬겠다는 것이 우리의 소망이었습니다.

방대한 사진과 자료를 정리하면서 작가가 걸어온 길을 뒤돌아보면 전쟁 전후의 일본 역사와 현실의 실상이 새롭게 보입니다.

지금까지 그다지 알려지지 않은 전쟁 전의 프롤레타리아작가로서의 왕성한 집필활동과 당시 작가들과의 교류, 자신의 힘으로 어린애를 키우며 살아온 역정, 더욱이 전쟁 중 고통스런 맨몸뚱이의 모습도 파헤친 자료로 명확해졌습니다.

전후에는 무엇보다 전쟁에 반대하였고 권력의 모략·차별·인권침해를 용인하지 않았습니다. 어디든지 달려가서 함께 행동했습니다. 그리고 문학으로 승화시켰습니다. 나이가 들어서는 더욱 빛나는 한결같은 인생이었는데, 그러한 삶을 위해 더불어 투쟁한 사람들의 증언과 사진으로 엮을 수가 있었습니다.

또한 소설뿐만 아니라 시나 동화, 르포 등도 들추어 모든 저서를 소개하면서 마쓰다 도키코의 문학세계를 전개하기 위해 노력했습니다.

고향 아라카와 광산의 무연고 묘지에 광산 사람들과 함께 잠들어 있는 마쓰다 도키코.
우리들은 그 뜻을 이어가려고 생각합니다.

*

이 책의 본문에서는 경칭을 생략했습니다.
사진·자료의 게재를 흔쾌히 허락해주신 사진가 여러분을 비롯해 각 방면의 협조에 진심으로 감사드립니다.

또한 이번 사진집 편찬의 기본적 구성은 에자키 준(江崎淳)의 오랜 기간에 걸친 마쓰다 도키코 연구·연보 작성의 노고에 힘입은 바 큽니다. 또한 유족 하시바 후미코(橋場史子)의 사진·자료제공의 노력으로 이루어졌습니다.
마지막으로 디자이너 사토 가쓰히로(佐藤克裕) 씨, 신일본출판사 편집부의 구노 미치히로(久野通広) 씨께 매우 신세를 졌습니다. 감사의 말씀을 드립니다.

2014년 9월
마쓰다도키코회 사진집 편집위원회

사진제공 · 협력자(가나다 순)

간사이예술좌
국립국회도서관
규잔샤(久山社)
극단 신극장
다카미자와 쇼지(高見澤昭治)
도쿄예술좌
도쿄전력 인권침해 · 임금차별철폐 소송원고단
마쓰다 도키코 문학기념실
미도리고가쿠샤(みどり光学社)
별책 주간요미우리 1970년 7월호
사카이 노부오(坂井信夫)
아키타현 다이센시 다이세이칸
아키타현 센보쿠군 교와초리쓰(協和町立) 다이세이초
등학교 창립백년제 실행위원회

아키타문학자료관
아키타문화출판
오시타 마사에(大下昌枝)
우레시노 교코(嬉野京子)
일본공산당 중앙위원회 출판국
일본근대문학관
일본중국우호협회
후지타 미쓰오(藤田三男)사무소
히로사키(弘前)연극연구회
IHI · 이기는 회
NPO현대여성문화연구소

일본음악저작권협회(출) 허락1410486-401호

본문 주요참고자료

마쓰다 도키코, 『사는 것과 문학과』, 소후샤(創風社)
마쓰다 도키코, 『여인회상』, 신일본출판사
마쓰다 도키코, 『지금도 계속 걸으며』, 신일본출판사
마쓰다 도키코, 『회상의 숲』, 신일본출판사
마쓰다 도키코, 다카하시 히데하루(高橋秀晴) 해설, 에자키 준 연보, 『젖을 팔다 아침 이슬』, 고단샤(講談社)
사토 세이코(佐藤征子), 『마쓰다 도키코와 나』, 가게쇼보(影書房)
신후네 가이사부로(新船海三郎) 인터뷰, 『마쓰다 도키코 백수의 항로』, 혼노이즈미샤(本の泉社)
에자키준(江崎淳) 해설, 『마쓰다 도키코 자선집』1~10, 사와다(澤田)출판
일본공산당 중앙위원회, 『일본공산당의 70년 당사연표』, 신일본출판사
하시바 후미코(橋場史子), 「어머니 마쓰다 도키코가 그린 집적」, 『해풍』10, 일본민주주의문학회 아키타지부

마쓰다도키코회
도운 분들 (*사진집 편집위원)

*이가라시 요시미(五十嵐吉美)
 가시와기 가즈코(柏木和子)
 곤노 사토시(今野智)
*사와다 아키코(澤田章子)
 스즈키 쇼지(鈴木章治)
*하시바 후미코(橋場史子)

*에자키 준(江崎淳)
 구도 가즈히로(工藤一紘)
 사이토 마사하루(斎藤方春)
 시오야 미쓰에(塩谷満枝)
 다치바나 히데미(橘英實)
 반나이 리쓰코(坂内立子)

*가가와 데루코(加川照子)
*고다 도오루(江田徹)
 사토 세이코(佐藤征子)
 신도 료조(進藤涼三)
*나카무라 게이코(中村恵子)
 무토 히사코(武藤ヒサ子)

일본어판 원서 디자인 ─ 사토 요시히로(佐藤克裕)

하나오카花岡 사건과 마쓰다 도키코松田解子

한일강제병합 100년의 기록

민주주의 문학운동 구현을 평생 신조로 삼아 활약하다가 2004년 99세로 타계한 일본의 여류작가 마쓰다 도키코는 대표작『땅밑의 사람들地底の人々』(澤田出版, 2004)에 '하나오카花岡 사건'을 다음과 같이 기록했다.

> 986명의 중국인 포로가 군과 가시마구미(鹿島組, 현재 가시마건설)에 의해 아키타현의 광산 하나오카에 강제연행 당해 전시 증산을 위한 수로 변경 공사 및 댐 공사에 투입되었다. 일본의 패전까지 불과 1년 사이에 포로 중 42.6%에 이르는 420명이 아사, 혹사, 사형, 또는 포로의 집단봉기 후에 일어난 대규모 탄압과 폭력으로 생명을 잃은 참혹한 사건.

놀라지 않을 수 없는 일제의 만행에 다름 아니다. 헌데 이 하나오카 사건에 대해서 제대로 알고 있는 한국인은 그다지 없다. 이 역사적 사건을 우린 그저 중국인 문제로 인식해왔기 때문일까. 그렇지 않다면 여전히 '일본인＝지배자', '조선인＝피지배자'라는 단순한 등식으로 일제강점기와 식민지주의를 해석하려는 역사인식의 틀에 사로잡혀 있기 때문일까.

역자 또한 이 하나오카 사건과 마쓰다 도키코라는 작가에 대해 전혀 무지했음을 고백한다. 때론 국내에 알려지지 않은 역서를 펴낸 것을 계기로 내방하는 일본인과 교류하는 경우가 있다. 그런 과정에서 하나오카 사건에 대한 생생한 증언을 듣게 되었다. 전율하지 않을 수 없었다. 하나오카 사건은 다수의 희생을 치른 중국인 문제이지만 실은 거기에 너무나도 중요한 조선인 문제가 미해결의 상태로 은폐되어 있었기 때문이다.

토로하건대 하나오카 사건은 조선인들의 희생이 그 발단이었다. "중국인 포로가 강제 연행되기 약 2개월 전 ─ 1944년 5월 29일, 전시증산을 위한, 너무나도 보안을 무시한 난굴亂掘로 인해 결국 갱도 바로 위를 흐르고 있던 하나오카강의 밑바닥이 허물어져서 한순간에 강 전체가 갱내로 함몰되었다. 당시 갱내에 있던 일본인 노동자 11명과 조선인 징용자 11명이 생매장을 당한"(『땅밑의 사람들』) 사건(이를 '나나쓰다테 사건'이라 함)에서 기인한 사실을 알고 있는 한국인은 희생자의 유족과 관계자 이외에 별로 없다. 이러한 내용이 전혀 한국에 알려지지 않은 현실에 역자는 강렬한 의문을 품지 않을 수 없었다.

도대체 하나오카 사건의 '모태'라고 일컫는 '나나쓰다테 사건'이란 무엇일까. 또한 마쓰다 도키코는 어떠한 작가일까. 어찌하여 평생을 불굴의 의지로 그 사건과 마주하며 고군분투한 것일까. 많은 일본 작가가 국내에서 논의의 대상이 되고 있지만 마쓰다 도키코에 대해서는 전혀 언급되지 않았다. 조선인 징용자와 중국인 노동자의 문제를 비롯하여 아직 명확히 밝혀지지 않은 하나오카 사건과 배경, 그리고 마쓰다 도키코라는 작가가 한국에서 주목의 대상이 되고 있지 않은 것이다.

그러한 경위에서 작가가 하나오카 사건을 직접 취재한 뒤 형상화의 경로를 통해 그 사건의 발단과 전개과정을 실감나게 그린 작품『땅밑의 사람들』과 마쓰다 도키코에 대한 새로운 담론의 필요성을 인식하고 있음을 밝힌다.

마쓰다 도키코는 하나오카 사건을 추적하는 운동을 몸소 실천했다. 뿐만 아니라『땅밑의 사람들』을 비롯한 여러 작품과 리포트, 르포 등을 통해 그 역사적 진실을 기록했다. 그러므로 그녀의 생애를 하나오카 사건과 분리해 생각할 수는 없다. 작가 마쓰다 도키코는 '소설을 쓰는 고통'이라는 제목을 붙여 다음과 같이 서술한 적이 있다.

하나오카 광산에서 전쟁 중에 행한 광부에 대한 착취와 조선인 징용자, 중국 포로, 특히 중국 포로에게 가한 학살행위를 알았을 때 나는 생리적으로 잠자코 있을 수가 없었다. 가해자에 대한 증오도 있었지만 뭔가 대단히 자기 성찰적이고 스스로도 죄인인 듯한 괴로움에서 호흡이 멈출 것 같은 느낌이 들었다. ─ 그러한 일이 일본의 한 광산에서 벌어지고 있었을 때 나는 이 도쿄에서 무엇을 하고 있었던가. 매일 폭탄의 비를 피하며 살기 위해 전쟁터를 왕래하고 있었다. "죽고 싶지 않아, 하지만 죽을 때까지 살아야 해" ─ 그렇게 동물적으로 쫓기는 생활 속에서 광부의 자식으로 태어난 난 도대체 어떠한 '노동계급'의 입장에서 전쟁에 대해 어떠한 저항을 했던가? 그렇게 생각하니 그 사건이 단지 하나오카 사건이 아니라 내 인생의 바름과 그름, 진실과 거짓, 성장과 퇴보에 직접적으로 영향을 미친 사건이었다는 생각에 사로잡혔던 것이다.(『인민문학』제3권 제15호)

마쓰다 도키코가 왜 조선인과 중국인 노동자 문제에 고뇌했고 어째서 그토록 전쟁범죄를 저지른 일본제국주의에 증오의 칼날을 들이댔는지 충분히 납득할 수 있을 것이다. 광산의 딸로 태어난 마쓰

プロレタリア文学を誇りに

作家 **松田 解子** さん

まつだ・ときこ　秋田女子師範卒。母親をモデルにした『おりん口伝』(新日本出版社)で田村俊子賞。『女人回想』(同)ほか。

日露戦争中の19
05年生まれ。少し
耳は遠いが、ゲラに
目を通し、声も張り
がある。プロレタリ
ア、優しい表情が権力批
判の顔になる。

□

…で生まれてまもなく、
…事故で亡くなったの。日
…産の犠牲ともいえる。日
…で母は実家に帰りたか
…ときに反対された。
…二番目の夫は肺で死
…体は丈夫だったけれど
…ときから私は、義父が
…ならなかった。

…と柴刈りに行った。見
…りにもみじめで、つめ
…ボサボサで。山桜の木
…ながら、「お母、今日逃
…ら、母は泣いて私を抱
…ね。自分の生い立ちを
…父は帰ってきて暴れる
…また、あの〈鉱毒を吸

東京・江古田の自宅で＝金井三喜雄撮影

って働いてくれる。おかげで、お前も毎
日飯たべて学校に行けるんだ」って説得
してくれた。人は生まれた最初から、自
分で自分の口を糊することはできない。
必ず他の人の力によってしか生きられな
い。そんな思想を母から教えられた。

小学校卒業後、鉱山事務所で働いた。
所長はアメリカで学んだ知識人。会計係
や主任は東大などを出ている。エライさ
んたちと労働者との差別は大したものだ
った。和文タイプをする私の横で、義父
が鼻血が出るまでリンチされたことがあ
った。ここまで殴ることがあるかと思っ
たら、それまでの憎しみの対象が変化し
た。鉱山なればこその階級差別が私の生
き方を決定したのよ。

苦学して教員になったけれど、大正15
(1926)年に上京し、翌年に結婚。
プロ…

…く入った。特高か
…けた。
…放からつけた
…みれば、ひか
…小林多喜二
…とすごい作家
…だった。19
…ときは幼い次
…でも警察に運…
…なかった。多
…生命化した人
…象深い。こう
…らこそ、「権
…う覚悟が、私
…な気持ちなの
…ソ連崩壊も
…ったから起き
…リンは自分
…った。権力に
…なと同じ、た
…静に気長に見
…る。それがた
…も、どこの国
…いま、私は
…げようという
…自選集」(全
…社発売)も出
…日記がノート
…もある。若い
…思いますよ。

『아사히신문』, 2004.3.5

마쓰다 도키코 문학기념관 내부

다 도키코는 하나오카 광산에 강제로 끌려와 희생당한 조선인 징용자나 중국인 포로에 대한 미안한
감정과 참회의 심경으로 일생을 보내지 않았을까. 작가의 생의 좌표가 자신이 태어나고 자란 고장에
서 절명한 조선인과 중국인의 역사와 진실을 규명하는 데에 놓여 있었음은 그런 이유 때문이었다.

이와 같은 생각을 품고 있던 터에 '한국에서 마쓰다 도키코『땅밑의 사람들』을 읽는다'라는 제목
으로 '나나쓰다테 사건 65주년 순난자(희생자) 추도회 및 심포지엄'(2009.5.29)의 주제 보고를 의뢰받
아 아키타현 오다테시大館市를 방문한 것은 대단히 유익한 경험이었다.

고바야시 다키지小林多喜二나 마쓰다 도키코를 배출한 반골의 지역. 바로 그곳에 발을 들여놓게 되
어 각별한 느낌이 들었다. 그러고 보니 마침 인권과 평화의 상징인 광주의 시립미술관에서 나나쓰다
테 사건으로 목숨을 잃은 조선인 희생자의 넋을 위로하는 취지로 '하나오카 이야기전'이 열리지 않
았던가. 시대의 진실을 추구하려는 광주시와 오다테시의 새로운 연대와 교류의 역사는 이미 시작됐
다고 보아도 좋을 것이다.

심포지엄 전날(5월 28일) 주최 측의 안내로 마쓰다 도키코 문학기념관, 마쓰다 도키코의 묘지, 하나오카 사건으로 중국인 포로가 다수 희생된 교라쿠칸共楽館 터, 그리고 고바야시 다키지의 탄생지 등을 차례차례 둘러보았다.『땅밑의 사람들』의 무대를 직접 방문해 눈으로 확인한 것은 무엇보다도 큰 수확이었다.

마쓰다 도키코 문학기념관에는 작가의 유품은 물론 그녀의 생애와 문필활동을 한눈에 파악할 수 있는 작가 연보와 작품 초판본 등이 전시돼 있었다. 게다가 다행스럽게『땅밑의 사람들』에 등장하는 광부들이 사용하던 카바이트 칸델라, 삽, 곡괭이, 착암기와 같은 도구들도 놓여 있어서 당시의 광산 생활을 이해하는 데 더없이 좋은 견학이 되었다.

마쓰다 도키코의 묘는 도쿄 나카노中野구에 위치하고 있다. 하지만 본인의 희망대로 자기 고향의 광산묘지에도 분골돼 있다고 하니까 마쓰다의 광산에 대한 사랑이 어떠한 것이었는지 짐작하고도 남는다. 작가 묘지의 팻말에는 인상 깊은 문구가 새겨져 있었다.

봄에는 피고
여름에는 수줍어하고
가을에는 이루고
겨울에는 맑은
내 고향이여!
조국이여!

언제나 마쓰다 도키코의 필력에 공감하는 이유는 그녀의 작품이 일본인에게 상식으로 통하는 금기를 깨고 국경, 성별, 연령을 초월해 자유와 해방을 갈망하는 인간들의 진실한 모습을 그대로 담고 있기 때문이다. 일본제국주의는 말할 나위도 없이 천황마저 혹독히 비판하는 표현이 작품의 곳곳에 엿보인다. 그러한 부분을 염두에 두면 마쓰다 도키코는 권력에 휘둘리며 사는 빈곤층의 입장을 항상 의식했음에 틀림없다.

그녀는 현실을 타파하기 위해 끊임없이 투쟁하는 작가로서의 본령에 충실하려는 생각을 한시도 잊지 않았다. 그 생각은 언제나 전쟁에 광분하는 일본의 모순에 대한 고민, 광산의 일상과 노동 문제를 주시하는 예리한 시선, 나아가 이른바 자신의 조국 '일본'과 태어나서 자란 고향 '아라카와荒川 광산'을 진심으로 사랑하는 마음 없이는 체내에 뿌리내릴 수 없는 것이다. 나는 묘지의 팻말에 새겨진

'내 고향이여! 조국이여!'라는 문구에 깊은 감명을 받았다.

　나나쓰다테 사건 65주년 순난자 추도회가 개최된 장소는 오다테시 하나오카초花岡町 나나쓰다테
조혼비 앞이었다.『땅밑의 사람들』의 무대로도 유명한 신쇼지信正寺 경내에 있는 조혼비 앞에서 한국
측 조사위원과 유족, 일본 측 참가자들은 줄지어 헌화, 분향하며 나나쓰다테 사건으로 생매장당해
눈감은 희생자의 영령을 위로하는 의식에 참가했다.

　한일 공동으로 공식적인 추도회를 개최하는 것은 처음이었다. 필자도 한국식으로 조혼비 앞에서
무릎을 꿇고 희생자들의 명목을 빌었다. 거기에 참가한 모든 사람은 침묵 속에서도 이심전심으로 일
본제국주의의 강제동원에 대한 역사적 인식을 공유했음에 틀림없다.

　마쓰다 도키코는 하나오카 사건이 일어난 장소를 직접 방문한 기억을 기록한 르포『하나오카 사
건 회고문』에 그녀의 자성하는 심경을 새겼다. 나나쓰다테의 터를 안내한 김일수金一秀 씨가 "저기
하얗게 보이는 게 꽃이에요. 바람이 불어 조금 흔들리고 있는데 지금도 저곳에는 연중 공양의 꽃이
피어오르고 있죠. ……저 아래 아직 22명의 유골이 그대로 묻혀 있으니까……"라고 흘리자 "난 김
씨에게 대답할 말이 없었고 고개를 깊이 끄덕였다"고 적었다. 그 당시 작가의 심경이 어떠한 상태였
는지 충분히 상상할 수 있을 것이다.

　같은 날 오후의 심포지엄은 100여 명이 넘는 청중이 참가해 성황리에 개최되었다. '하나오카 사건
과 조선인', '하나오카 광산과 조선인 강제연행', '한국에서의 강제동원 조사 실태', '한국에서 마쓰다
도키코『땅밑의 사람들』을 읽는다'라는 보고문 제목으로도 알 수 있으리라.

　심포지엄은 과거의 진실을 명확히 밝히는 시점에서 국가이데올로기의 억압과 전쟁에 반대하고
평화와 인간애를 추구하는 정신을 공유하는 내용이었다. 더욱이 나나쓰다테 사건을 재고해 보는 유
익한 시간이었음은 새삼 강조할 필요도 없다.

　기억을 되살리면『땅밑의 사람들』에서 "전쟁! 그렇게 생각하는 것만으로도 도쿠코는 몸서리를 쳤
다. 전쟁! 어쨌든 전쟁만 없다면! 설령 갱내 작업이라 할지라도 전쟁만 없다면!" 하고 외쳤다. 이 도
쿠코의 언어야말로 작가 마쓰다 도키코의 언어가 아니었을까. 전쟁만 없었다면 나나쓰다테 사건도
하나오카 사건도 일어나지 않았을 것이다.

　마쓰다 도키코는『땅밑의 사람들』에 전쟁의 비극을 그림으로써 두 번 다시 일본제국주의의 침략
전쟁은 반복돼서는 안 된다는 결의와 함께 공양의 기분으로 희생자들에 대한 추도의 마음을 새겨
넣으려 했음에 틀림없다.

　마쓰다 도키코는『땅밑의 사람들』의 무대인 하나오카 광산의 탐방기「하나오카 광산을 찾아서」

나나쓰다테 조혼비 앞에서 절하는 일본 측 대표 차타니 주로쿠(茶谷十六)

에 다음과 같은 글을 남겼다.

지상(地上)이 — 일본의 지상이 제국주의 전범에 의해 좌우되는 한, 더욱이 그것을 우리 일본 국민이 용납하는 한, 일본 열도는 영원히 지옥이라는 사실. 실제로 지옥이라는 사실. 잡초의 뿌리 하나까지도 계속해서 전범을 방조할지 모르는 일. 설령 그것이(잡초가 유골을 빨아먹는 것이) 잡초에게는 자연스런 일이라고 할지라도 그러한 조건을 만든 주체가 인간이었고, 또한 일본인이었다고 하는 사실

아키타에서 멀어지는 귀국편 비행기 속에서 필자는 이번 방문에 도움을 주신 분들에게 감사하는 마음을 품으며 이 글을 되새겼다.

김정훈 글

※ 붙임말: 이 글은 일본의 학술지 『근대문학연구』 27(일본문학협회 근대부회, 2010.4)에 발표한 것을 번역해, 국내의 주간지 『주간 문화저널』(2010.8.16)에 게재한 바 있다.